オメガは恋を知らない

ナツ之えだまめ

幻冬舎ルチル文庫

CONTENTS

◆目次◆

蜜惑オメガは恋を知らない

◆カバーデザイン＝久保宏夏（omochi design）
◆ブックデザイン＝まるか工房

イラスト・のあ子✦

蜜惑オメガは恋を知らない

■東京　昴《すばる》ビルヂング

夜の街には小糠雨《こぬかあめ》が降っていた。霧のような雨だ。薄手のコートが濡《ぬ》れそぼり、宇田川智《うだがわとも》宏《ひろ》は肩を払った。

地下鉄の駅から歩いて三分、銀座の裏通り、小さなビルばかりが肩寄せ合うように建っている一角に、七階建ての建物がある。それが「昴ビルヂング」、智宏の弁護士事務所があるビルだ。

建てられた当初は最新式のモダンビルで、作家や俳優がおおぜい住んでいたそうだ。だが、それはもう五十年以上も前の話。今はよく言えばレトロ、悪く言えばボロい。

智宏はタイルが敷き詰められたエントランスから、おとなが四人乗れば満員というエレベーターに乗る。手で黄色い柵《さく》を閉める。よく依頼人が息を切らしながら階段をあがってきて、ここのエレベーター壊れてました、と知らせてくれるが、たいていの人は手動の柵を閉めていないだけだ。さらに言えば、階数表示ボタンはタッチ式ではなく、押し込むタイプだ。「7」という数字を押してしばらく待つと、外ドアが閉まり、きりきりきりと巻き上げる音がして、エレベーターは浮上し始める。

智宏は、茶色がかった前髪をかきあげる。

「髪を染めるとか」

今日、会った依頼人に「宇田川先生は、思っていたよりお若い」を連呼され、何度も顔を見直されたことが、落ち込みの原因を作っている。医者や弁護士にとって「若い」ことはプラスではない。それは、ようは「貫禄《かんろく》がない」ということだ。

「眼鏡《めがね》をかけるとか」

目の色は虹彩《こうさい》が透けそうなほど薄いが、視力はいい。だが、どこぞのアイドルに似ていると言われるこの顔、二十六にもなって髭《ひげ》もろくに生えていない自分だって眼鏡をかけたら少しは弁護士っぽくなるかもしれない。

「ちょっと身体《からだ》を灼《や》いてみるとか？」

色が白いのも悩みの種だ。真夏に外にいても黒くならずに、ただやけどのように赤くなるだけなのだ。そのうえ唇が赤ちゃんのような薄桃色をしているものだから、よけいに印象は幼くなる。

「でも、どうしようもないこともある」

小学生のときから。

正確には九歳の夏の日から、いつもいつも自分につきまとい、離れないもの。これから一生をそれとともに過ごさなくてはならないもの。身体の奥に押し込めているもの。

七階について、エレベーターを降りる。薄暗い電球のともる廊下を左に歩く。ワンフロアに八部屋が入っていて、画廊や手作りのアクセサリーショップが多い。大家が鷹揚《おうよう》らしく、ドアを自分で勝手に付け替えている部屋が多く、青や赤や、漆塗り、ブロンズ製のものまである。それらを過ぎて「７０２」の部屋番号の下、「宇田川法律事務所」とドアプレートが光るスチール製のドアの前に立ち、ノブを回す。鍵はあいていた。

正面に大きな仕事用の机、真ん中に応接用のソファセットがL字にある。向かって左側には床から天井までのキャビネット、そして右側は仕切られていて見えないが、キッチンがある。

「おかえりー」

気怠《けだる》い声をあげ、ソファからむくりと身を起こしたのは弓削恒星《ゆげこうせい》だ。彼の人なつこいプードルのように癖のある黒髪が盛大に揺れた。一応、文句を言ってみる。

「またおまえは。探偵事務所は隣だろ」

恒星は「スターライトディテクティブ」という、ふざけた名前の探偵社をやっている。つきあいは高校からで、もう十年になる。

「知ってるー」

彼はいつものようにラフなシャツにワークブーツというでたちだ。ソファに寝そべり、長い足を肘掛《ひじか》けの外に出し、ぶらぶらさせながらアンティークの人形をいじっていた。

この人形は恒星が持ち込んだものだ。

パリの蚤《のみ》の市で買ってきたというそれは、円盤状の木の台座の上に、アルルカンと踊り子がいる。アルルカンは黒と白の菱形《ひしがた》模様の服を着て目元には黒いマスクを、踊り子は薄桃のドレスで頭には羽根飾りをつけている。台座の横にねじがあり、巻くと二人は回り始める。アルルカンは踊り子に近づき、キスしようとする。しかし、彼女はすんでのところで逃げる。

追っては逃げ、追っては逃げ……。

そうしているうちに回転は終わり、二人は元のように台座の端と端で止まる。

その動きを見終わるとまたねじを巻く。何度やっても、二人はふれあうことはない。

智宏は上着をハンガーラックに掛け、かかった交通費の計算をしようとパソコンを立ち上げる。初期画面のブラウザーのニュース画面が、国会議員の結婚を伝えていた。

「平沢寛一《ひらさわかんいち》、結婚したんだ」

思わずつぶやいた言葉を恒星が拾った。

「そー。伴侶婚《はんりょ》だって。そういや、平沢ってアルファだったたんだな」

ニュースをクリックすると、文の最後に「せっかく運命の相手と巡り合ったのだから、希少なアルファの子をどんどん産んで欲しいものだ」とあった。

運命の相手。伴侶。

智宏は愛用している万年筆を取り出した。

男と女、血液型、星座。様々に人間は人間を類別する。さらに、近年にはそこにもう一つ加わった。認識されたのは数十年前だが、もしかしたらそれより前からあったのかもしれない。

アルファ、ベータ、オメガ。この三つのバース性だ。

アルファはカリスマを持つ。

一万人に一人と言われ、政治家や芸術家、スポーツ選手に多い。ヒト性の男女ともにオメガを懐胎させる能力を持つ。アルファはアルファとオメガのカップルから生まれる。ごくまれに自然派生があるが、数例のみなので例外中の例外と言えた。

ベータは一般の人々。

アルファだったらと夢を見ながらも、ごく平凡な日常を楽しむ人たちだ。

そしてオメガ。

オメガはオメガとして生まれるのではない。ベータからオメガに変転する。オメガ変転を迎えると、以降、三ヶ月に一度、ヒト性にかかわらずオメガの子宮が発達し、ヒートと呼ばれる激烈な発情期を迎えることになる。この変転は不可逆であり、オメガになった者はベータに戻ることはない。

オメガ変転のトリガーのひとつは「運命の相手」と出会うことだ。彼らはアルファとオメガで一対であり、どんなに多くの人数の中でも相手を見抜く。このカップルは「伴侶」と呼ばれ、交合したのちは相手にしか欲情しなくなる。アルファはほかのオメガやベータに興味を示さなくなるし、オメガも自分のアルファだけに欲情し、ヒート時のフェロモンも伴侶しか誘わなくなる。至高の絆《きずな》だ。

しかしながら、数で言えば圧倒的に、特に相手もいないのに二十歳《はたち》前後で突然オメガ変転するケースのほうが多い。俗に言う「はぐれ」のオメガだ。伴侶のいないオメガは、ヒートごとに強力なフェロモンを発し、バース性ヒト性にかかわらずあらゆる者を引き寄せる。オメガ自身もヒートの時期は極端に情欲に弱くなり、己の特性を自覚しないうちは性的被害を受けることも多い。よって「はぐれ」のオメガは、早期にアジールと呼ばれる保護施設に隔離されるのが常だった。

はぐれオメガの情熱は流動的だ。アルファと「つがい」になって子供を持つものは多いが、出産後しばらくすると相手に興味を失い、別のアルファになびいていく。子供は、父親が引き取ることが多い。そしてオメガは次のアルファの子を孕《はら》むのだ。

アルファは君臨し、ベータは生活し、オメガはアルファの子を身ごもる。

智宏はオメガM、ヒトとしては雄だがバース性ではオメガだ。九歳でいきなり発情したときから抑制剤を使用し続け、修道僧のような禁欲の日々を送っている。

そして目の前で、だらけきっている同い年の男、弓削恒星はまごうことなくアルファなのだった。

智宏は書類に万年筆で署名し続けていた。それを終えてソファで一息ついていると、すかさず熱いコーヒーが差し出された。

目を上げると、恒星が片目をつぶっている。

無言で口をつける。今まさに欲しい熱さ、濃さ、甘さだった。

「おいしい」

「そりゃよかった。これ」

ひらひらと目の前で紙が舞う。

「なんだ？」

改めて、彼がその紙を智宏の前に置いた。ファックス用紙だ。

「例の引っ越し、手続きが完了したぞ」

例の、とは、元彼氏から執拗《しつよう》につきまとわれている女性を秘密裏に引っ越しさせる案件だ。住民票の閲覧制限はすでに受理されている。つきまとっているストーカー男には女性の引っ越し先はわからないはずだ。

「恒星。いつやる？」

「今からでもいける」

「そうだな。早いほうがいい」

もし女性の引っ越しを男が知ったら、引き留めるため、強硬な手段に訴えてこないとも限らない。下手をすれば、依頼人である女性に怪我《けが》をさせることになる。

また、時間があればあるほど、向こうに打つ手を考える隙を与えてしまう。彼女の引っ越し先がわかってしまうのは最悪の展開だ。

「了解」

にやっと恒星は薄い唇の片方をあげた。

「優秀だろ？」

恒星の口元はよく動く。片方だけあがったり、歪《ゆが》めたり、大きく開いて歯を見せて笑ったり。二重の目つきが鋭く鷲鼻《わしばな》ぎみなため、きつい顔に見えそうなものだが、その口の見せる表情が豊かなのでとっつきやすい印象を与えている。

「自分で言うな」

「ちえー。いいじゃん、もっと褒めてくれたって」

「よし、わかった。来いよ」

手を持ち上げるとその下に頭を差し出してくる。しょうがないなと智宏は彼の頭を撫《な》でてやる。黒い癖っ毛が指に絡む。なんだか大型犬を撫でているようだなとおかしくなる。

「気が済んだか」

「おう」

確かに恒星は優秀だ。彼女のボディガードをし、警察に数度にわたってつきまといがあることを相談し、支援措置申出書をもらい、口の堅い、夜逃げに通じている引っ越し屋にスケジュールをねじこんでくれた。

智宏がやったことといえば、ストーカーにつきまといをやめるようにと配達証明つきの書面を送付したことと、支援措置申出書の記入をチェックしたぐらいのものだ。

「智宏。ここで待っててくれよ。車、とってくる」

「おまえの車で行くのか?」

恒星の愛車は古いイタリア車でしかもスパイダー、いわゆるオープンカーだ。

「雨が降ってるぞ」

「幌《ほろ》をつけるからいいだろ」

「いやだ。恒星の車、雨漏りするから。それに第一、赤いオープンカーで乗りつけたら目立つ。最寄りの駅からタクシーで行こう」

恒星は口を尖《とが》らせたが、承知した。


女性のアパートは二階建てで緩い坂に面していた。道路を隔てて公園があり、夜更けたこの時間は静かだった。合い鍵をあらかじめもらっていたので、二階にあがると、打ち合わせどおり二回、数秒を経て三回、ノックをしてから、鍵をあける。できるだけ音を立てないように中に入るとドアを閉める。恒星も、そして智宏も、つなぎの作業服を着ていた。

依頼人の女性がほっとしたように駆け寄ってきた。ぶかぶかのジャンパーにキャップを深

くかぶっている。二間にキッチンの、慎ましい一人暮らしの女性の部屋だ。室内はこちらが指定したとおり、平常どおり。どこも片付けていない。恒星が、唇の前で指を立てた。静かに、の意をくみ取り、彼女はうなずく。

女性をエスコートして、そっと部屋を出る。誰もいないことを確認したあと、片手を挙げると車が一台、滑り込んできた。運転席と助手席の男たちは、智宏も何度か会ったことがある。

「梶原《かじわら》さんたち、お疲れ様です」

智宏が声を掛けると、運転席と助手席にいる二人が振り返った。特徴のない顔なので最初は気がつかないのだが、並んでいるところを見るとまるでコピーしたかのようにそっくりだ。それもそのはず、梶原兄弟は一卵性の双子なのだった。

小雨の降る中、恒星が女性に言った。

「若菜《わかな》さん。もう、しゃべっても大丈夫だ。ただし、小声で」

「あの、本当にありがとうございました。なんてお礼を言っていいのか」

女性はすがるような目で恒星を見ている。恋愛に疎い智宏の目から見ても、彼女が恒星に心酔しているのは明らかだった。

こういう光景を見るのは初めてではない。

危険な場所では恋に落ちやすいという吊《つ》り橋効果なのか、それとも、恒星自身にそなわる、生まれついてのアルファとしてのカリスマ性のためなのか。依頼人の女性の多くは、恒星に好意を持つ。

智宏自身は発情を薬で抑制しているし、オメガなので男としての性欲もきわめて薄い。なので、うらやましいというよりも、さすがだなとその光景を眺めていた。

「弓削さん、アドレスをいただけないですか」

熱のこもった目で懇願された恒星は、微笑《ほほえ》みながら彼女の肩を叩いた。

「なに言ってんの、若菜さん。せっかくあの男と縁が切れるんだ。だめでしょ、ここに未練を置いていったら」

「でも」

恒星は彼女の頭、キャップの上に軽くキスをする。物慣れたしぐさだった。

「俺はどこに行ってもあんたの幸せを祈ってるよ。ここでのいやなことは忘れて、生まれ変わって人生をやり直すんだ」

彼女の顔が歪んだが、きゅっと唇を結び直した。

「そうですよね。私、今夜からは窓の外を気にしなくてもいい。ドアを叩かれる心配もない。郵便がボックスからあふれることもない。ふつうに生きていけるんだわ」

恒星は彼女の肩をもう一度叩いた。

「元気で。前にも言ったみたいにくれぐれもネットには気をつけて」

「はい」

「自分だけじゃない。ほかの人にも写真は撮らせないようにな」

「わかりました」

実際、せっかく無事に逃げさせたというのに、「元気にしてるよ」と当人がソーシャルネットに書き込みをして引っ越し先がばれる確率は高い。被害者が思っているよりずっと、ストーカーは粘り強く、目的達成のための手間を惜しまない。

「宇田川さんも、ありがとうございます」

最後に彼女は改まって智宏に頭を下げてきた。

「あ、いえ」

あわてて手を振る。

「ほら、早く行ったほうがいい」

そう言って恒星は車の中を覗《のぞ》き込む。

「梶原さんたち、目的地までは……──」

双子は、異口同音に返事をする。

「わかってます。何回やってると思ってるんですか。素人《しろうと》じゃないんですよ」

「遠回りして、相手が尾行していないことを確認してから向かいます」

「うん、よろしく」

女性が乗り込む。

恒星が指で合図をすると、車は走り出した。それと入れ違いのように、引っ越しトラックが横付けされ、ばらばらと人が降りてくる。全員、恒星と智宏同様、つなぎの作業服姿だった。ひょろりと背の高い、目が細い男が運転席から最後に降りてくると「やりますよ」と軍手をはめた。

「曲垣《まがき》さん」

「ここからは時間との勝負ですからね。急いで！　弓削さんも宇田川さんも協力して下さい」

そう言って、軍手を渡される。

部屋に戻ると盗聴器を回収していく。コンセント、テレビの後ろ、キッチンの陰。その数は十数個にもおよび、ストーカーの執着ぶりをうかがわせる。これで相手には話は通じなくなったが、なにか異変があったことはわかったはずだ。今日はストーカー男がバイトのシフトに入っていることは調査済みだ。彼がこのマンションにやってくるまでを、およそ一時間と踏んでいる。それまでにチェックリストにある「どうしても新居に持って行きたいもの」を曲垣たち引っ越しスタッフが梱包《こんぽう》し、積み込む。

時間内に、引っ越しのトラックが出発した。

残った家財道具は、もう彼女とは縁がない。捨てるか、リサイクルに出すか。あとは別の業者に任せる。そして部屋は清掃され、大家に引き渡される。智宏たちの仕事は終わったのだ。

「俺らも帰るか」

恒星の言葉にうなずく。

「そうしよう。タクシーを呼ぶから待っててくれ」

智宏がタクシー会社に電話しようとしたときだった。メンテナンスされていない自転車はその限界を超えてせかされて、悲鳴をあげている。

近くまで来ると、男は自転車を降りた。黒縁の眼鏡をしていて、こんなに蒸し暑く、雨が降っているというのに、米軍払い下げの軍用コートを着ている。厚手のコットンなので、さぞかしたっぷりと雨を吸い込んでいることだろう。

自転車が道路に横倒しになった。

「わ、若菜さんをどこにやった！　携帯もメールもSNSも通じない。GPSも消えたんだ。おまえらだな！」

よく見れば男は若かった。若菜という女性と同じくらいかもしれない。しかし、妄執は彼からみずみずしさを消し去っていた。頬《ほお》がこけている。

女性の携帯は預かっている。データは完全に消去した。繋《つな》がるはずがない。

「さあ？」

恒星はつなぎのポケットに手を入れている。

「おまえらがボクと若菜さんを引き離そうとしたことぐらい、わかってるんだぞ」

男はそう言って懐から、大型のバタフライナイフを取り出した。

恒星がこちらに目で合図をする。智宏はうなずき、こっそりと携帯の動画機能をスタートさせた。雨なので、レンズに水滴がつくかもしれないのが気がかりだ。

「そのナイフをおろせよ。こっちは丸腰なんだ」

「うるさい！」

「何度も書状が行ってるはずだよな。彼女は迷惑している」

「嘘だ。彼女はボクといると楽しいって言ったんだ」

「それは昔のことだろ。うまくいっていたときの話。あんたが若菜さんを監視し始めて会社を辞めたときから、もう彼女の気持ちは完全に醒《さ》めてるんだよ。あんたは彼氏じゃなくて元彼氏、しかもたちの悪いストーカーなんだ」

「ボクはストーカーなんかじゃない！　彼女に会わせてくれよ。話し合えばわかるんだよ」

智宏はこういう場面に何度も出くわしている。たいてい女はきれいさっぱりと男のことを切り捨てる。男のほうは、変わっていくことについていけず、執着する。結果として、かつて恋愛関係にあった男女が、修復しようがないほどに歪んでいってしまう。

「あんたらは、わかり合えない」

「ボクたちのことを知りもしないくせに。か、彼女はもう一度、考えてもいいって言ったんだ」

「それはな。俺らが彼女に助言したんだよ。そうしないとあんた、油断してくれそうにないから」

わーっと男が大声を出した。

――恒星！

叫びだしたいのをこらえて、その場を撮り続ける。

身体ごと突き出されたナイフの切っ先を、恒星は身体を翻してよける。男は、自分のナイフがまったく恒星に当たらなかったのが不思議なようだった。もう一度、突進してくる。恒星は身を傾けて、数ミリでひょいっとかわした。

「おまえ……！」

「あんた、昔は優秀なプログラマーだったんだって？　落ち着いて、考え直せよ」

恒星が淡々と言い聞かせる。けれど、もう、届かない。彼の心はかたくなに硬化し、柔らかさを失っている。

「うるさい！」

自分と彼女がもう別れていること、彼女の心も、もしかして自分の心ももうそこにないことを認めることは、この男にとって世界が揺らぐほどの出来事なのだ。

男がナイフを振りかざす。

にやっと恒星の口元が歪んだ。このときを待っていたのだ。智宏は携帯のカメラを向け続けている。ほんのわずか、男のナイフが恒星の耳元をかすった。

「よし」

恒星はくっと足を前に出して、男が体重をかけている足に引っかける。あっけなく男は前に転がった。その背中に重いワークブーツの足を乗せ、両手を引っ越し用の紐《ひも》で後ろ手にくくる。

「恒星！」

智宏は彼に近寄る。

「耳から血が出てる」

ナイフがかすった耳たぶから、出血していた。ポケットからハンカチを出すと、彼の耳を押さえる。

「さんきゅ」

恒星はハンカチで耳を押さえた。

「動画は？」

「撮れていると思う」

二人で確認する。きちんと、男がナイフを向けてくるところ、恒星が丸腰でいたところが映っている。恒星に見せると、満足したようだった。

「まあ、これで正当防衛は堅いな。こいつには傷害未遂で前科がつく」

「危ないことは、もうするな」

「このぐらい朝飯前だって。それに、念には念を入れたほうがいいだろ。さて。警察を呼ぶか」

恒星は携帯を取りだし、話し始める。

「あー、俺です。弓削恒星です。はい。ナイフもって襲いかかってきた男を確保してます。ストーカーで警察に相談に行っていた相手です。場所は……」

まるで出前を注文する気軽さで警察に電話をかけている。

もう何度もお世話になっているからというのもあるが、恒星の祖父は元警視総監だったし、一番上の姉は警察のキャリア組のエリートで、様々な部署に顔が利くというのもある。

雨の降る中、智宏は恒星の横顔を見る。

弁護士のオメガと探偵のアルファ。なんて奇妙な取り合わせだ。普通は逆だろう。弁護士のアルファと秘書のオメガなら、何組か聞いたことがある。

なんで恒星はこうしてくれているのだろう。

あの、夏の日を思い出す。「このままじゃ、俺はおまえのそばにいられないんだ」という恒星らしからぬ苦しげな声。あれは近所の公園で、放っておかれたカヤツリグサが智宏の膝ほどの高さになっていた。そのまま恒星はいなくなって、もう会えないのかと覚悟し始めた頃。

恒星は帰ってきた。そのままずっとかたわらにいる。

彼は、なにを思ってここにいるのだろう。

恒星は自分よりも頭もいいし、度胸もある。探偵にはもったいない。そう恒星に言ったこともある。彼は真剣な面持ちで、「智宏は、俺がいないほうがいいのか？」と聞いてきたので、慌てて首を振った。恒星はにやっと口の端をあげて笑った。

「じゃあ、いいじゃん」

ちらりと歯が見えた。野生の獣が笑ったらこうかという笑い方だった。


「かんぱーい」

居酒屋のテーブルで、智宏に恒星、それに梶原兄弟、曲垣がビールジョッキを合わせる。

あのストーカー相手の大立ち回りから丸一日経《た》っていた。恒星は警察で事情聴取、智宏はその付き添い、梶原兄弟と曲垣は引っ越し先ですみやかに荷ほどきをしていたので、最終的にすべての仕事が完了したのは明け方近くになった。女性は無事に新居で就寝し、男は警察に引き渡した。

とりあえず、自分たちの仕事は終わった。

「いやあ、ひと仕事のあとのビールは最高です」

曲垣の言葉に全員が笑って同意する。

「無事に終わってよかったよ」

恒星がほっと息をつく。

「そうだな」

智宏は同意する。

ストーカー被害者の引っ越しは、初めてではない。ときには配偶者からの逃走を手伝ったこともある。肝心なのは、とにかく決まる寸前まで本人にも詳細を明かさないこと、やると決めたら迅速に行うことだ。信じられないことに、引っ越す当人が自ら日取りや方法、ときには引っ越し先までも周囲に明かしてしまうことが往々にしてあるのだ。不安が混乱を招くのだろう。

「若菜さん、新居と新しい会社で、うまくいってくれるといいんですけど」

梶原の片方がいう。

「そうだよね。うまくいくといいよね」

もうひとりの梶原も言った。

「あとは、彼女の問題だからな」

そう、恒星は智宏を見ながら確認するように口にする。

「わかってる」

もう、仕事は終わった。彼女のことは「済」のファイルに入れなくてはいけない。

これからなにがあろうと、彼女が再び自分を頼ってこない限りは手を出すことはない。

もちろん、いきなり車が自宅に入ってきたようなとんでもないアクシデントとして、ストーカー被害に遭う人はいる。しかし同時に、何回も何回も、おなじように付け狙《ねら》われ続ける女性もいる。

その女性が「悪い」わけではない。

だが、皆から疎まれている人間に同情したり、すでに心が離れているのに曖昧《あいまい》にしたり、ストーカーを招きやすい性格は存在するのだ。

それはもう、智宏の手に負えないことだ。以前は、口を酸っぱくして言い聞かせたり、ときには次の仕事先の様子を窺《うかが》うこともあったのだが、それをしていたら神経と身体が持たない。そう思いきれるようになったのは、恒星に「他人を変えようなんて、無理なんだよ。智宏にできるのは、この案件を解決することだけなんだ」と言われてからだ。

今の仕事にベストを尽くす。そう決めてからは楽になった。

恒星の携帯が鳴った。

「悪い」

彼が席を立つ。店の表に出て行った。その後ろ姿を目で追う。

「大丈夫ですよ。きっと探偵事務所のお客さんです」

「女の人からだとしても、断りますよ。恒星さんには智宏さんだけですから」

梶原兄弟に慰められるように言われて、智宏は手を振る。

「そんなんじゃないから」

どうやら、梶原兄弟二人は、智宏のことを恒星の恋人だと誤解しているようだった。

恒星が誰かと付き合うようになったとしても、よしんば伴侶のオメガを娶《めと》っても、自分はなにを言う権利もないし、心から祝福するつもりだ。

「なんで、くっついちまわないんですか？」

曲垣にあけすけに言われて、ビールが変なところに入りそうになる。

「恒星さんは、宇田川さんのことをあからさまに好いてるでしょう？」

「え、そ、そんな、ことは」

「恒星さんはなんでもできるし、ほっといても人が集まってくるお人だ。でも、こんなに世話を焼いているのは、宇田川さんにだけですよ。そして、宇田川さんも恒星さんを憎からず思っている」

「いやいや。だって、俺も恒星も男だし」

「ヒト性ではそうだけど、アルファとオメガってのは、人間の男女みたいなもんなんでしょ。いや、たとえ男同士だって、恒星さんには関係ないと思いますけどね」

確かにそうだ。恒星がそんなことを毛ほども気にするとは思えない。

「うん。でも、俺、一生、誰ともそういう関係になる気はないし」

「オメガなのにもったいないなー」

梶原のどちらかに言われて苦笑する。

「よく言われるよ。絶滅危惧種《きぐしゅ》の雌《めす》になった気がする」

片割れがつつく。つついているのがたぶん弟のほうだ。弟のほうが、気遣いができる。

「ヒートの時期には休まざるを得ないから、みなさんには迷惑をかけるけど、そのかわり、仕事はきっちりやるから」

「気にすることないですよ。おかみに定められた、休みなんですから」

曲垣に慰められた。

三ヶ月に一度。満月の前後。抑制剤を使っていても、智宏の身体からは性フェロモンが漏れ出る。その匂いは伴侶のいない者たちを引きつけてしまう。だから、そのときには自宅マンションに引きこもる。誰にも会わない。

「漏れてくるフェロモンってどんな匂《にお》いなんですか。かいでみたいな」

梶原兄が無邪気に言う。智宏は答える。

「麝香《じゃこう》に似てるってよく言われるね」

その匂いに誘われた男たちになにをされたか。思い出すと、吐き気と寒気に襲われる。

智宏はビールに口をつけようとした。

しかし、帰ってきた恒星が、「智宏は、そんなに飲めねえだろ」と言うと、ジョッキを横取りして飲み干し、「うめえ」と口をぬぐった。

苦いものはあまり好きではない。ほっとして恒星のほうを見る。

「ありがとう。助かったよ」

「おう、褒めていいぜ」

そう言って頭を押しつけてきたので、撫でてやる。恒星は心地よさ気《げ》に目を閉じていた。


この場所は苦手だった。

「医療法人アルファオメガ専門病院」

ここはアルファが経営している病院だ。中でも産婦人科は全国でも珍しい、オメガ専門外来が設けられており、近県で妊娠したオメガのほとんどがこの病院にやってくる。

まるでホテルのような大病院の駐車場には、いかにも高そうな車が並んでいる。最寄り駅からの無料送迎バスを降りながら、智宏は改めてすごいなと感心する。アルファの財力はこの国を支えている。

腹の大きな、オメガMやオメガFに囲まれて座っていると、自分はオメガとしてもはみ出し者なのだと感じる。

「お隣、いいかな?」

声をかけられ、「どうぞ」と腰をずらす。そこに座った女性の顔を見て、「あ……」と驚きの声を漏らす。相手の女性も、「あれ、智宏?」と懐かしげに返してきた。

「カナコさん?」

かつてオメガの保護施設、アジール・ヴィオレで一緒だった女性だった。彼女はバース性オメガでヒト性女なのでオメガFとなる。彼女の腹部は明らかに膨らんでいた。妊娠しているのだ。

「結婚したんだ」

「うん。つがい婚。アジール・ヴィオレからローズに移ってすぐ。もう二十六になってたから、まあ、適当に」

「そう」

あの場所にいたすべてのオメガと同じように、当時の彼女は諦観《ていかん》と怠惰《たいだ》に満ちていた。だが、水色のマタニティドレスをまとい、ヒールの低い靴を履き、薄化粧でこちらを懐かしげに見つめている女性は、おかしなことにごく普通の、そう、たとえばベータの「おかあさん」に見えた。

はっと気がついた。

「おめでとう。結婚と、妊娠と、両方に」

「ありがとう。今度の彼で三人目だけど」

はぐれオメガがつがいのアルファの子を孕んだ場合、その相手に飽きて次のアルファを求めるのはよくあることだ。

「まあ、今のアルファの彼にとって、あたしは四人目のつがいだけどね」

そしてアルファのほうも、何人もの相手をつがいにすることは珍しくない。

「子供も、これで三人目。今度は女の子がいいなあ。でも、なかなか難しいわよね」

ヒト性男のオメガが少ないように、ヒト性女のアルファは少ないのだ。

「智宏も妊娠?」

そう問いかけられて、ぎょっとする。

「いや、それはない」

「そうなんだ。ねえ、類《るい》の店には行った?」

「いや……」

「えー、なんで?」

「だって。なんて言って行けばいいのか、わからないし」

「変な子ねえ。まあ、智宏は変わり者だったから。あいかわらず、抑制剤飲んでるんだ」

抑制剤を飲んで、働いて、糧《かて》を得ている。

オメガは少なく、奪い合いの状態だ。アルファとつがい、裕福に暮らす者がほとんどだ。

その中で、せっかくオメガに生まれてきたのにその特権を捨て、普通に汗水垂らして働いている自分を、彼らは奇異に感じているらしい。

「ああ、まあ」

「つがいを、見つければいいのに」

「いいんだ。別に、欲しくない」

「あら」

彼女は、そのときばかりは妖艶《ようえん》に微笑んだ。

「アルファとつがうのは、いいものよ。ヒートになると、ここに」

彼女は腹を撫でる。

「オメガ子宮ができた証拠に深紅の発情痕《こん》ができて、その奥が疼《うず》いて求めるの。アルファを」

——誰でもいいんだろ。

そう言われたことを思い出し、智宏は息が詰まりそうになる。

——くわえ込めるなら、誰でも。

違う、と言いたい。そんなわけないだろうと。けれど、発情の熱はすべてを打ち消し、自分を引きさらっていくだろう。

「宇田川智宏さん。二十六歳。オメガM。伴侶なし。つがいなし」

初老の医師は、初めて見る顔だった。彼は智宏の電子カルテをタブレットで見ている。

「え、九歳でヒート？」

まじまじと顔を見られる。このときが苦手だ。

「そりゃあすごいね。念のため聞くけど、伴侶はいないんだよね？　自然にヒートが来たんだよね？」

「……はい」

運命の相手もいないのに、九歳でヒートが来た。それを指摘されるたび、暗に淫乱《いんらん》と言われている気がする。

「急激にホルモン値が上がってるね。うーん、こりゃあ、抑制剤の効きも悪くなるよ。もうちょっと増やすか。……って、限界まで使っちゃってるな」

初老の医者はとんとんと指で机を叩いた。

「次のヒートは……――」

タブレットで月齢表を確認する。オメガのヒートは月と密接な関係があるのだ。満月の夜がピークとなる。

「あと十日ってところかな」

「はい」

「これは、一度、休薬したほうがいいね」

医者がなにを言っているのか、智宏はわからなかった。

「あの。俺は一度として抑制剤を欠かしたことはないんですけど」

「じゃあ、よけい今回は休まないとだめだ。効きがどんどん悪くなってる。身体が抑制剤に慣れたんだろうな。次のヒートから休薬して、リセットをかけよう。じゃないとオメガ子宮が萎縮《いしゅく》して子供を作れなくなるよ」

「かまいません」

医者は、あきれたように智宏を見る。

「きみがかまわなくてもこっちがかまうよ。きみの身体が傷つくのを知ってて処方はできない。子宮の働きを取り戻さないと」

智宏は食い下がる。

「子供なんていりません。むしろ、オメガ性を放棄したいくらいなんです」

日本では認められていないが、海外ではそういう手術をするところもあると聞いた。

「なにを言い出すんだ。きみも知ってのとおり、オメガは貴重なんだよ。個人的には抑制剤を二度と出したくないくらいだ」

医者はさらに聞いてきた。

「もしアジールに入るなら証明書を出すけど、どうする？」

「……いえ、けっこうです」

アジール。全国に七箇所ある、オメガの保護施設。

ヒートの時期にアジールでなにが起こるのか、智宏は知っている。

智宏は二年半、そこにいたのだ。月が丸くなるごとに周囲に甘い匂いが満ち、アルファのいないオメガたちは、互いに互いの肌を舐《な》めあい、絡めあってその底のない欲を発散させていた。ぬめっていた肌、おまえもおいでと誘う手。

あの中に入っていくことは、智宏の理性が許さなかった。

「自宅で過ごします」

「まあ、無理にとは言わないけどね」

医者が智宏に忠告してくる。

「久しぶりできついだろうけど、ヒートで死んだオメガはいないから。当日はもちろん、その前後もぜったいに人混《ひとご》みに行かないように。発情期のオメガが街中をふらふら出歩くなんて、若い女が裸でうろつくより危ないんだからね」

診察代を払うために病院のロビーで待ちながら、ぼんやりと考えている。

なんで自分は、オメガになってしまったんだろう。

ほかの人より性欲が強かったという記憶はない。むしろ、同い年の男の子に比べても、性に対する興味は希薄なほうだった。

なのに。

なんで、発情してしまったんだろう。

病院を出ると、目の前の花壇にはマリーゴールドが咲いていた。鮮やかなオレンジ色だ。見上げればどこまでも青い空。

仕事に行こうと思ってスーツを着てきたのだが、今日はこのまま帰ろうかなと考えている。ぼうっと発着所で送迎バスを待っていると、目の前にマリーゴールドのようにオレンジ色の小型スクーターがとまった。その色と丸いフォルムには覚えがある。

「よっ」

恒星だった。

「そこはバスの停車場だぞ」

注意すると、恒星はニッと笑った。

「いいだろ。すぐに出るんだから」

そう言って、ヘルメットを放り投げてくる。

「どこに行くんだ？」

「いいところ」

ヘルメットをかぶってスクーターの後ろにまたがる。

恒星が智宏の手を引いて前に組ませた。

「ちゃんと摑《つか》まってろよ」

そう言って発進した。

スクーターは、広い病院の敷地を出ると国道に出た。三車線の広い道をほかの車に遅れることなく通行している。このスクーターは、様々な改造をされているため、乗り心地がいいとは言いがたい。ちょっとした凹凸のたびに、尻がバウンドする。だんだん痛くなってくる。

「まだなのか」

言いながら、ぎゅっと抱きついている手に力を入れると、左の手でぽん、とはたかれた。


ついた先は、庭園が有名な都心のホテルだった。

駐車場の隅にスクーターを置くと、恒星と智宏はドアマンに迎えられて、ホテルに入っていく。エントランスには池がしつらえられていた。篠竹が周囲を彩り、本物の鯉《こい》が泳ぎ、蓮《はす》の花が咲いている。夢のように美しい。

「すごい……」

これを見せに連れてきてくれたのかと思ったのだが、こっちと手招きされ階段を数段あがると、広々としたロビーラウンジがあった。絨毯《じゅうたん》はクラシックリーフ模様で、椅子《いす》はつやのあるオーク材に繻子《しゅす》張り、丸テーブルの脚は優雅に弧を描いている。

スーツを着用している自分はさておき、いつものように恒星はラフそのものだ。デニムのシャツに色褪《いろあ》せたタイトなパンツ、ワークブーツ。それでも、彼の足取りは堂々としたものだったし、臆《おく》する様子もない。

「いらっしゃいませ」

頭を下げて席に案内するフロアスタッフにもまた、非難の色はなかった。智宏は恒星に続いて窓際の席に着く。日本庭園がよく見渡せた。

「いきなりだな」

「ここのアフタヌーンティーセットのただ券もらったんだよ。今日までなんで、使おうぜ」

そう言って、やってきたフロアスタッフにチケットを手渡す。スタッフは、それを見ると深く頭を下げた。

「アフタヌーンティー……」

「紅茶は何がいい？」

「あんまり渋くないのを」

「ミルクティーがいいんだよな？　だったらアッサムがいいんじゃないか？」

「うん、じゃあ、それ」

やがてやってきたのはたっぷりの紅茶のポット、それに三段のティースタンドいっぱいの、可愛らしい洋菓子たちだ。上の段にはキュウリのサンドイッチとベーコンキッシュ、中の段にはスコーンとバターケーキ、下の段にはエクレアとババロアとマカロンが載っている。

「うわ、すごいな」

まるで夢のような食べ物だ。

アフタヌーンティーを食べるのは初めてだ。智宏は甘いものが大好きなのだ。しかし、それを知られるといつも「やっぱりオメガだから」という目で見られるので、ふだんは控えている。

恒星が智宏の紅茶にミルクをついだ。

「作法としてはしょっぱい順に食えって言われてるけど、忠告しておくぞ。ヘビーな下の段から攻略しろ。それで、途中にサンドイッチとキッシュを挟むんだ。ひとつひとつは小さいが、甘いものは腹にくる」

「そうかなあ」

こんなにおいしそうなのに。

あっというまに食べ終わってしまいそうだ。


……と、思ったのは三十分ほど前のこと。

智宏は恒星の忠告の正しさをいやというほど思い知っていた。おいしい。とてもおいしいのだ。洋酒の香りの強い濃厚なバターケーキ、スコーンはクロテッドクリームと木イチゴのジャムが合ったし、ババロアはクリーミーだし……――。

しかし、甘い、甘い、甘いの連続技が、ボディブローのように効いてくる。マカロンとは、もっとさっくりさっぱりした菓子だと思っていた。中にチョコレートのクリームが入っていて、これがまたこってりしている。最後の最後で挫折《ざせつ》しそうだ。

「無理するな」

「いや、してない」

むきになる自分がおかしいというように、恒星は目を細めて唇の端を上げた。

「茶を飲みながら話をしてれば復活するさ」

そう言って智宏のティーカップに紅茶を注ぐ。ポットで出てくる紅茶はカップにゆうに二杯強。今度はお腹がたぷたぷになる。

そうだ。

恒星には、話しておかなくてはならない。一緒に仕事をしているのだから。

「今度のヒートのときなんだけど」

「ああ、仕事の調整はついてるんだろ」

「うん。あんまり関係ないとは思うけど、一応、伝えておこうと思って。俺は抑制剤を休薬することになった。次には本格的なヒートになる」

恒星は中国茶をストレートで飲んでいる。彼の皿の上の菓子はほとんど減っていなかった。

しばらく二人は黙っていたが、次に口を開いたのは恒星だった。

「抑制剤なしで仕事をしているオメガだってたくさんいるだろう。現に姉の伴侶だって今でも現役の警察官だし」

「辰之進《たつのしん》さんは流星《りゅうせい》さんというパートナーがいるから、参考にはならないよ」

はぐれのオメガで、伴侶どころかつがいの相手もおらず、妊娠を望んでいない。智宏にとって発情は煩わしいことでしかない。

「オメガでよかったなんて思ったこと、一度もない」

つぶやくと、恒星は短く「そうか」と言っただけだった。

九歳のときの経験から、智宏は強い欲望を、ヒートを恐れている。

大嵐がやがて自分を襲ってくる。黒い雲とかつてないほど激しく吹き荒れる風が来る。それに心も身体も、身構えている。

口に入れた最後のマカロンは甘く智宏を癒やしたが、ヒートに対する不安を、払拭《ふっしょく》してくれはしなかった。

じっとこちらを見ていた恒星が、身体を傾け、手を伸ばしてくる。

「智宏。俺がついてるから」

その手が頭を撫でるか、頬にふれるか。心臓が痛いほどに鼓動を打ち鳴らしている。一ミリだって動かせないほどに緊張して待ちかまえていたのだが、彼の手は途中で止まった。ためらいののちに引かれる。

ほっとしたような、残念であったような。なんともいえない、複雑な気持ちになった。

「行くか」

恒星が立ち上がる。

「うん」

「これから事務所に帰るんでいいのか？」

あのスクーターのリアシートに乗って東銀座まで帰ったら、尻がかなり痛くなりそうだ。

「いいよ。遠慮しておく。今日はもう家に帰ることにする。ありがとう、ごちそうさま」

もしや恒星は、自分が落ち込んで病院を出てくることを知っていて、慰めてくれたのだろうか。心遣いに感謝しながらホテルの前で別れる。

それから智宏は駅に向かって歩き出した。

青い歩道橋の脇を通る。プラタナスの葉がそよいでいた。

智宏は思い返していた。九歳から今までの、このオメガの身体に、振り回された日々を。

■東京　少年時代

あの日。智宏の人生はまるで飴《あめ》細工のように歪み、ねじ曲げられた。

九歳だった。

智宏は東京の一軒家に、父母と一緒に住んでいた。

いつもと同じように学校に行って勉強をした。いや、作文コンクールで佳作をもらい、むしろ上機嫌だったことを覚えている。友達とゲームの話をしながら帰ってきて、眠った。

変化は、深夜に訪れた。

息苦しくて目が覚めた。なんだか甘い匂いがしている。南国の、今にも汁の垂れそうな果実の匂い。蜜《みつ》をしたたらせながら繁茂する、花の匂い。

その匂いは、むうっと部屋に立ちこめている。

「なに、この匂い……」

起きようとして、かけてあった布団が肌をこすった。

「ふ……ん……」

おかしな声を、出してしまった。身体の中がかあっと熱くなっている。酒を飲んだことがあったとしたら、強い酒を呷《あお》ったような熱さだと訴えたことだろう。下半身が濡れている感覚がある。

「え……?」

自分が、粗相をしてしまったのかと最初は思った。

もっと小さな頃、恐いテレビを見てトイレに起きられず、布団を濡らしてしまったことがある。そのときの恥ずかしさといたたまれなさときたらなかった。

常夜灯のまま、下着をずらし、確認する。まずはペニスの変化に驚いた。

「おちんちん、腫《は》れてる……」

友達のたっちゃんが公園で立ち小便したときに、犬の散歩をしていた近所のおばあちゃんに「そんなことをしてたら、ちんちんが腫れるよ」と言われていた。でも、智宏はちゃんとトイレに行ったのに。していないのに。なんで、こんなになっているんだろう。ペニスにさわると、堅めのグミみたいだった。

「は……」

指の通ったところがさわさわしてくる。山芋《やまいも》を間違ってさわってしまったときに、とてもかゆくなった。あんなふうに、おかしな感覚が残るのだ。さらに始末の悪いことに、次第にその感覚は内側に広がっていくようだった。

あとから考えれば、それは快感にほかならないのだが、まだ精通を迎えていなかった智宏には、異常な事態としか感じられずに、ただ、どうしよう、どうしようと半泣きになって自分のペニスを見つめていた。

ペニスの先からは膿《うみ》みたいな液が出ていた。

「おちんちんが病気になっちゃった」

そのうち熱さは身体の奥に達して、じわーっと温かいものが尻から出ているのを感じた。

「やだあ」

智宏は半泣きになった。

知るのが恐かったが、そっと、手を伸ばした。智宏のその部分は濡れていた。急いで手を引っ込める。粘い液が、智宏の指にまとわっていた。慌てて指を布団にこすりつける。

いったい、どうなってしまったんだろう、自分の身体は。なにも悪いことをしていないのに。

じわりと涙が湧《わ》いてきた。

「……おかあさん」

小さな声で呼んでみたのだが、階下の母親に聞こえたとは思えない。

「おかあさん！」

呼んで、ベッドを降りた。身体を起こしたために、肛門から分泌されていた液体がどっと尻から流れ出てきた。それは智宏の内腿《うちもも》を濡らし、足にまで伝わった。

智宏はうずくまる。今度こそ、張り裂けんばかりの声で叫んだ。

「おかあさーん！」

なにごとかと飛び起きた両親が子供部屋のドアをあけたとき、智宏はその場で泣きじゃくっていた。

室内の匂いで、智宏がオメガに変転したと即座に父親が理解したのは、かつて一度、発情したオメガの匂いをかいだことがあったからだ。

甘い、ねっとりした、花のような、それでいて動物的な香り。

よく麝香に似ていると言われる匂い。

父親はわあわあとただ泣きわめいている智宏をシーツでくるんで抱き上げ、すぐに専門病院に駆け込んでくれた。

智宏はそのまま入院になった。安定剤と発情抑制剤を点滴され、次第に落ち着いてきて、汚れた身体は看護師が拭《ふ》いてくれた。

両親の戸惑った顔。

何人もの医者が自分を見に来て、そのたびに発せられた「伴侶もいないのに九歳で」「オメガ」「はぐれ」という言葉の連呼と奇妙なものを見る目つき。いやだと泣いて訴えたのに、両足をあけられ、秘められた箇所を見られ、しまいには子宮口があることを確認するため、内部に指を入れられた。

「ああ、発情してるねえ」

医者はそう言った。

そのひとつひとつが幼い智宏の心を引き裂いた。

恥ずかしくていやらしいものになった気がした。

涙と鼻水でぐちゃぐちゃになりながら、自分を嫌悪した。こんなものは要らないのに。要らなかったのに。なんでオメガになんてなったんだ。

決して、決して、二度と、ヒートになんて、ならない。オメガなんて嫌いだ。

それは九歳の智宏が強く決意したことだった。


はぐれオメガとして変転した者は、ほとんどがアジールと呼ばれる保護施設で生活する。全国に七箇所あるそれは、ていのいい隔離施設だとか刑務所だとか言われていたが、伴侶のいないオメガの匂いは周囲を惑わせ、なによりも本人に危険が及ぶことが多かった。

そのため、本人の希望であることを条件に、人権団体も運営を認めないわけにはいかなくなった。

智宏もアジール入所を打診されたが、あまりに幼く、本人と両親がこのまま東京で生活することを望んだため、留め置かれることとなった。

発情抑制剤を使えば、通常の生活は可能だ。しかし、ヒートは隠しおおせるものではなく、どうしてもフェロモンが漏れ出てしまう。トラブルを防ぐため、三ヶ月に一度の満月の時期には学校を休むことになる。

事件が起こったのは、小学校最後の冬。もう少しで休みが始まるという時期だった。街はクリスマス気分で浮かれていた。

智宏はその年最後のヒートが訪れ、学校を休んでいた。オメガ変転してから、三年が過ぎていた。そのため、智宏にもそして親にも隙があったと言わざるを得ない。母親は歯科助手のパートに出ていて、智宏はひとり自宅で本を読んでいた。ヒートとは言っても抑制剤を投与しているため、智宏自身は多少熱っぽい程度で退屈しきっていた。

インターホンが鳴った。

親には、出てはいけないと言われている。けれど、もしかしたらおかあさんが仕事先から、具合が悪くなって帰ってきたのかもしれない。

「はい。どなたですか」

玄関で用心しながらたずねる。

「俺」

返事に、安堵《あんど》と緊張が同時にやってくる。一番の仲良しの達也《たつや》だった。

「たっちゃん」

「そう。どうしたんだよ、智宏。しょっちゅう休んでさ」

「俺、オメガで今夜は満月だから、だから学校に行ったらだめなんだって」

「なんだよ、それ。かぐや姫かよ」

眉《まゆ》の太い、まるで金太郎みたいな達也が「かぐや姫」なんて言い出すとは、思ってもいなかった。智宏は笑った。

「智宏。ゲーム持ってきたんだ。まえに貸してやるって言ってたやつ」

「うん」

智宏の家にゲーム機はあるが、さほど好きではない。特に、達也が好むアクションゲームは、不器用な智宏では太刀打《たちう》ちできなかった。

「対戦じゃなくても、いい？」

「なんだよ、戦うからおもしろいんだろ？」

「俺、たっちゃんのやってるところをうしろから見てる。それだけで楽しいもん」

「いいよ、それでも」

そうして、ドアをあけてしまった。

昔話は、そう決まっている。鶴が機《はた》を織っているところは覗かれ、入ってはならない秘密の部屋はあけられ、人は、見てはならないものを見てしまう。

智宏は微熱があったので寝ていろと言われて、パジャマを着ていたのだが、入ってきた達也はなぜかまぶしそうな顔をした。

「たっちゃん。あがって、あがって」

「なんだろ、これ。智宏のうち、いい匂いがしてる」

達也に言われてぎくりとする。

「やっぱり、わかる？　朝お風呂に入ったんだけどな。俺の匂いだよ」

言われた達也は、クンクンと智宏の匂いをかいで納得していた。

「ほんとだ。なんだか香水工場の人になったみたいだな」

その言い方がおかしくて、愉快な気持ちになりながら、リビングに案内した。達也は何回も家に来ている。勝手知ったるで、彼はテレビ下のゲーム機に持ってきたゲームディスクをセットした。

「智宏はゲーム、あんまり好きじゃないの？」

「うーん。本のほうが好き」

「なんで？　字ばっかりじゃん」

達也はやはりおもしろい。字ばっかりじゃん。小説に対してそれはないだろう。

「うん。でも、自分のペースで読んでいけるし」

「ふーん」

達也は納得したようなしていないような返答をすると、ゲームを始めた。

智宏はせっかく来たのだからと冷蔵庫からジュースを出した。ポテトチップスと一緒に持って行く。

「たっちゃん、たっちゃんを部屋にあげたのがわかったら、俺、おかあさんに怒られるから。だから、ポテチのかけら、飛ばさないでよ？」

「もう、智宏はうるさいなあ」

最初はなごやかだった。達也はずっとゲームをやっていて、ときおり「やった」だの「くそう」だのの声を発していた。あるときから、達也はなにも言わなくなった。

「どうしたの、たっちゃん」

いつもおしゃべりな彼の口が止まると、智宏は面食らう。

「気分悪いの？」

「匂い」

「ん？」

「この匂い、かいでると、なんか、へんな気持ちになる」

「ごめん。空気を入れ換えたいんだけど、だめだっておかあさんに言われてるんだ」

窓をあければ、若いオメガの匂いが発散してしまう。いかに抑制剤を飲んでいて薄まっているとは言え、はぐれオメガは人さらいにあう、などとまことしやかな都市伝説もある。

智宏は空気清浄機のスイッチを入れた。これで匂いが少しでもとれるといいのだが。それにしても、そろそろ母の帰ってくる時間だ。彼を帰したほうがいいだろう。そう思って、達也の肩に手をかけた。

「たっちゃん。そろそろ……」

とたんに、天地がひっくり返った。

「な、なに？」

ううっと獣のうなるような声がした。上からのしかかられ、事態を把握しないうちに、身体をこすりつけられる。

「智宏、智宏……！」

智宏は身体をよじる。パジャマの首のあいているところから、達也は必死に智宏の匂いをかぎ、ひたすら腰をこすりつけてきた。顔が紅潮して汗を掻《か》き、息が不自然に弾んでいる。

今思えば、達也がまだ幼くて、性的な知識があまりなかったことが幸いだった。

「やめてよ、たっちゃん！」

必死に智宏が引きはがそうと格闘していたそのときに、母親が帰ってきた。彼女は、ひとめ見てなにが起きたのか理解した。まるで犬の喧嘩を引きはがすように、無言で達也と智宏を、引っぺがす。

「智宏。部屋に行ってて」

「おかあさん」

「いいから」

言われて、しおしおと二階に上がる。それから、たぶん、達也は家に帰されたのだろう。夜になると、達也の母親がやってきて、二人は長いこと話をしていた。達也のおかあさんが声を張り上げ、母は何度も頭を下げている。

「オメガを野放しにするなんて」

とか。

「なにされても文句言えないんですよ」

とか。

今まで家に行ったときには優しかったあの達也のおかあさんが、声を荒らげていた。

自分がいけないのだろうか。

達也と、遊びたいと思ったから。

それだけだったのに。

しかし、のしかかられ、腰を押しつけられて感じた、布ごしの硬い脈打つペニスの感触、ハアハアという息の音、ぬるくて粘った欲望の手応えだけは、はっきりと智宏の中に残ったのだった。

一緒に中学校に通おうと、約束していたのに。

その日以降、達也が智宏の家に来ることはなかった。彼は、急遽《きゅうきょ》、隣の中学に進学することに決めたのだ。

そして、智宏は中学生になる。

暗黒時代の始まりだった。


中学生は、小学生とは違う。

ランドセルを外して、詰め襟とセーラー服に身を包んだとたんに、おとなへと変わり始める。

思春期となり、異性への興味がわいてくる。そこでは、オメガMという、両性を兼ねたうえに発情期というあからさまなセックスアイコンを背負っている智宏は好奇と揶揄《やゆ》の対象になった。

ヒート近くになると、まだ満月ではないのに、明らかに近くの席の生徒が落ち着かなくなる。目が合っただけで顔を背けられ、「くせーんだよ」と足を引っかけられ、教室に行くのがおっくうになり、智宏の定席は図書館の一角になっていった。

しまいには屋上に連れ出されて、「オメガは淫乱なんだろ、どんなふうになっているのか見せろ」と言われて、服を脱がされた。小学校のときの達也のような、あとから考えれば笑ってしまうような暴走ではなく、貶《おとし》める対象として押さえつけられたのだ。

「誰でもいいんだろ。くわえ込めるなら、誰でも」

――ああ、発情してるねえ。

最初の発情のときに医者に足を開かされ、観察されたときを思い出す。下着を引き抜かれ、足に手をかけられようとしたそのときに、智宏は相手を思いきり蹴り飛ばした。

「この……」

「下衆《げす》野郎」

そのとき、女子生徒の通報で駆けつけた教師が止めに入らなかったら、智宏はもっと辱められていたに違いない。

助けてくれたのは、まだ若い女の先生だった。保健室で智宏の手当てをしながら、「あんな危ない生徒に、なんでついていくの」「ヒートが近いのに、無理して通うことないのよ」「そんな匂いをさせているから」と抗議された。

おかしいだろう。

どう考えても被害者は智宏で、加害者は向こうだ。だが、この教師は警察はおろか、ほかの教師を呼ぼうともしなかった。

「俺が、悪いんですか」

智宏は静かに言って教師を見た。手当てをしている彼女の手が止まった。

「俺が、なにをしたって言うんですか」

「あ、あなた。あなた、オメガなんだから。私たちを掻き乱さないでよ」

私たち。

私たちってなんだ。

ベータか。人間か。

その中に自分は入っていないのか。

もうたくさんだ。このオメガという性も。自分に好奇心と嫌悪を示す生徒も。

「今日、帰ったら、親にアジールに入ることを相談しようと思います」

そう智宏が口にしたら、教師は明らかにほっとした顔をした。それから彼女は多弁になった。

「そうね。それがいいわ。アジールの中でも教育は受けられるし、隔離されてるから今日みたいなことは起こらないでしょうからね。宇田川くんぐらいの年頃のオメガがたくさんいて、お友達もできるだろうし、私より扱いに長《た》けていると思うの。そう、資料。資料があったはずだから、取ってくるわね」

彼女は保健室を急いで出て行った。

ひとり、痛む肘を押さえる。もう涙も出てこなかった。女教師は、「おまえみたいな淫乱でも相手がいなければトラブルは起こさないんだ」と言っているのだ。

アジール。

オメガの保護施設。
刑務所。隔離病棟。
そここそがおまえにはふさわしいと。
ここには、おまえの居場所はないと宣告を受けた瞬間だった。

■長野　アジール・ヴィオレ

渋滞にはまったこともあって、自宅からアジールまでは五時間半かかった。

智宏が入ることになった「アジール・ヴィオレ」は、長野《ながの》県でも新潟《にいがた》との県境に近い山奥にあった。セキュリティが入ってくる人間を厳重にチェックする。行っていいと言われてなお、智宏を乗せた車は森の中を走り、入り口に着かなかった。

ようやく見えてきた建物は、デコレーションケーキのような、低い円筒の形をしている。

車を降りれば、夏だというのにひんやりと涼しい。

「いらっしゃい」

玄関先で迎えてくれた男は、「教務官の仁科《にしな》です」と名乗った。年齢は二十代半ばほどに見えるが、すべての苦難を味わったことがあるかのごとく達観した雰囲気を持っていた。

「おとうさん、おかあさん、お疲れ様でした。ここからはこちらでしっかり智宏くんをお預かりしますから」

男が両親に告げたので、彼らはずいぶんと安心したようだった。

「智宏」

母の目が赤い。

「ごめんね、ごめんね」

なんで彼女が謝るのだろう。智宏がオメガになったのは、言わば偶然で、誰が責められるものでもない。けれど、そのすべてを引き受け、苦しむ。母親とはそういうものなのだろう。智宏がアジールに行きたいと言ったときに、父親はうなずいたが、母親は最後まで反対していた。けれど、あのまま、中学生という子供の理性とおとなになっていく身体を持った人間のあいだで暮らしていたら、智宏はいずれまた同じ目に遭う。

なにより、智宏は周囲の扱いに疲れ切っていた。けれど、同時に両親だって智宏がいることによって、今まで疲弊してきたはずだ。

「俺こそ、ごめん」

「智宏くん。おとうさん、おかあさんも」

仁科が言った。

「智宏くんがこちらにいるあいだに、休んでください。そうしたらきっと、ご両親も、智宏くんも、誰も悪くないということが、わかるんじゃないかと思いますよ」

両親は、何度も頭を下げて、帰って行った。

「じゃ、虹彩認証の登録をしちゃうからね」

仁科は胸のポケットから出したタブレットを智宏の顔に向ける。しかめ面をすると、仁科に穏やかに言われた。

「しばらく、目を開いていてくれる？　うん、ＯＫだよ。これでこの施設のどこにでも行ける」

逆に言えば、この施設の外には行けないということだ。逃げようとしたら、わかるのだろう。

「じゃあ、今から中を案内するね。今いるのはアジールの中央棟。このほかにいくつか別棟があって、それらは渡り廊下で繋がってるんだ」

アジールの中央棟の周囲はぐるりと通路になっていた。

「この建物は南極基地にも使われている木製パネルを使ってるんだよ」

だからなのか。頑強そうでありながら木の柔らかさをかもし出しており、想像していた寒寒しいコンクリート打ちっ放しのイメージとはかなり違っている。

仁科はぴったりとしたダークカラーのスーツを着ており、ワイシャツは糊《のり》が利いていた。彼に近づけば石けんの匂いがしそうだ。前をいく襟足《えりあし》のラインを智宏は見つめる。くるりと仁科が振り向いた。

「えーと、智宏くんは、中学一年生、サードでいいのかな」

「サード？」

「ああ、あのね。オメガは三ヶ月に一度、発情するでしょう。その時期によってファースト、セカンド、サードって分けるんだよ」

「ああ、なるほど。じゃあ、たぶんサードです」

仁科はタブレットにチェックを入れた。

「アジールは変転したのにもかかわらず、特定の相手のいないオメガを収容する施設なのは知ってるよね。刑務所とか隔離施設だとか言われてるけど、中ではわりと自由が利くよ。ネット環境も整ってるし、たいていのものは通販で手に入る。智宏くんは本が好きなんだって？図書館も充実しているから、飽きることはないと思う。ないものは取り寄せればいいからね。僕も紙の本が好きだから、趣味が合うかもしれない」

そう言って笑った仁科の目元にはかすかに皺《しわ》があった。

「アジールは全国に七箇所あるけど、ここ、長野のアジール・ヴィオレでは主に二十五歳以下のオメガが暮らしてるんだ。悲しいけど、まだ偏見が多いからね。いやなことに遭ったオメガも多い。管理棟にはカウンセリングルームがあるから、いつでもおいで。専門医とネットで二十四時間、話ができるよ。もちろん、定期的にお医者さんがやってくるから、そのときに話すこともできる。もうおばあちゃんの先生だけどね、オメガの研究にかけては第一人者だし、よく話を聞いてくれる、いい先生だよ。身体の具合が悪いときにはすぐに医務室に行ってね。オメガの専門医が交代で二十四時間詰めていて、歯の治療も含めて、だいたいはここでできる。どうしても外部で治療しなくちゃいけないときは、麓《ふもと》の病院で見てくれるから安心してね。僕はここにずっといるから、いつでも相談しに来ていいよ。智宏くんはまだ中学生だから、学習プログラムに沿って勉強してもらうからね」

「あの」

「うん？」

「ここには何人ぐらいいるんですか」

「智宏くんが入ったから、八百九十二人になったね。そのうちオメガMは七十五人だよ。僕も入れたら一人増えるけどね」

これほど大きな施設なのに、さきほどからすれ違う人がほとんどいない。

「まだ夏休みじゃないから、ほとんどの子は自習室にいるんだよ。ほかはジムかレクリエーションルームじゃないかな。冬になったら、雪であまり外に出ない日が続くから、この人数にしては建物は広く取られているんだ。食事は、食堂でとるのもいいし、個室にキッチンがついているから、そこで作る子もいるね。どちらでもいいよ。食事が要らないときにはあらかじめ言ってね。こっちが、智宏くんの入る男子寮の棟だよ」

個室に案内される途中、ほかとは違うドアがあることに気がついた。智宏が興味を示していると、仁科が苦笑した。

「そのドアはミーティングルームに続いてるんだ」

「ミーティングルーム……？」

「今はあいてないよ。ミーティングルームについては、またいずれ説明するよ。きみの部屋はここだから」

通された部屋は、一間が寝室で一間が机のある勉強部屋、バスルームにトイレにキッチンがついている。

「自炊するなら、火の元には気をつけてね」

仁科にはそう言われた。


夕食のときに、食堂で自己紹介させられた。

「宇田川智宏、十三歳です」

ぱちぱちとまばらに拍手されたものの、さして興味がないらしく、おのおのが食事に戻る。

「えーっと、類《るい》くん。男子棟で部屋が隣になるから、面倒を見てやってくれるかな」

そう言われて「ウッス」と立ち上がったのは、短い髪に猫みたいに切れ上がった目が印象的な青年だった。「藤本《ふじもと》類」とそっけなく名乗った彼は、並ぶと二十センチほど差がある。身長は百七十センチとちょっとかな、と智宏は推測した。引き締まった体軀《たいく》はマラソンをやっていたのかと思わせたが、指にいくつもの傷があり、腕にはいくつか丸いあざがあった。

「トレイに取ればいいんだよ。朝も同じ。取ったら残すなよ」

豚しゃぶサラダにわかめの酢の物、味噌汁《みそしる》にご飯にゼリー。言われたとおりに智宏はトレイに食事を載せていった。

食堂のテーブルで向き合って座って食べながら話をする。

「藤本さんは、料理をするんですか?」

「あ。なんで?」

「指に傷があるし。おかあさんが跳ねた油で怪我したときみたいなあざがあるし。それに、板前さんみたいでかっこいいから」

「おいおい、かっこいいなんて。照れるじゃねえか」

類は教えてくれた。

「俺、フランス料理店で修業してたんだよ。いいマスターでさ。可愛がってもらってたんだけど、俺が突然こんなんなっちゃったもんだから」

こんな。オメガ変転。

「さんざんだよ。抑制剤を飲んでたんだけど、どうしても発情期近くになったら匂いがするだろ。料理出すのに、自分がくさかったらどうしようもないじゃん。あーあ、誰か、オメガの匂い消しを作ってくれないかね」

夕食の豚しゃぶサラダをつつきながら、彼は嘆く。それから、智宏に向き直った。

「んでも、中学生で発情なんて、おおごとだったな。まだ、義務教育なのに」

言いたくなかったが、嘘をつくのもいやだった。

「あの。最初のヒートは、九歳なんです」

「九歳!」

智宏はきゅっと身体を縮めた。ここでも言われるのに違いない。淫乱、早熟、相手もいないのに。

だが、類は優しい目をして、身を乗り出し、智宏の頭を軽く撫でてきた。

「苦労してんだなあ、智宏は」

苦労してんだなあ。

じわりと涙が浮かんできた。

「え、あ。ああっ?」

近くを通りかかった長い髪をうしろで縛った女性が、にやりと笑って、大声を出した。

「みんなー。類が新人をいじめてるー」

「カナコ、違う！　え、俺?　俺のせい?」

「違います。俺、そういうふうに言ってもらったことがなくて」

カナコと言われたその女性は、類の隣に座った。

「まあ、ベータにはオメガの気持ちはわからないよね。やらせろとか今もしたくてたまらないんだろとかさ。こちとら三ヶ月に一度なのに、てめえらしょっちゅう発情してる猿どもに言われたくないっての」

タバコを口にくわえたので、類が肘で小突いた。

「喫煙所いけよ」

「いいじゃん、これ、煙の出ないタイプなんだから」

「それでも、だ。こいつ、中学生なんだから」

「智宏」

カナコに呼ばれて、智宏はびくっとした。

「は、はい」

「食べ物ではなにが好き？」

「えっと。ぱ、パエリア？」

「よし。じゃあ、類はパエリアを作ること。智宏の歓迎会をやろう」

勝手に話は進んでいく。

「ええっ！」

「いいです。そんな」

「いいのいいの。ここではいつものことなんだから」

類は「しょうがねえな」と言いつつも、「具はなにがいいかな」と考え始めている。

「あたしも手伝うからさ。智宏も手伝えよ」

「はい！」


実技棟と言われる別棟には、調理用の実習室が入っていて、そこで類たちと、パエリアを作った。類に貸してもらったエプロンをつけて、智宏も野菜を洗ったり、皿を出したり、手伝った。カナコと類は並んで話をしながら、手際よく海老を剝《む》いたり野菜を切ったりしている。二人はお似合いだなとその様子を眺めつつ、でも、そこには外で寄り添う男女に感じたような、肉体における親密さ、いわば、性的な関係の完結もしくは萌芽《ほうが》のようなものが、いっさい感じられないことに気がつく。

カナコの言った通り、発情期にないオメガは普段のベータの人間よりもそういう欲求は薄く、彼らのあいだにあるのは、友人関係以外のなにものでもなかった。

当日のパエリア大会には、どこから聞きつけてきたのか、たくさんの人たちがやってきた。外にテーブルをセッティングして、できあがったものを皆で食べたらあっという間になくなってしまい、急遽食堂で食材を分けてもらってバーベキューとなった。しまいには教務官まで参加して、涼しい高原の風に吹かれ、彼方《かなた》にそびえる山を見ながら、食べた肉や野菜はおいしかった。

なによりも、ここでは智宏は「普通」であり、オメガだからと奇異の目を向けられることがない。

昼間は自習室で、決められたプログラムに沿って勉強をした。また、しょっちゅうスポーツ大会が開催されて、駆り出された。誰かの誕生日だと言っては、類がパーティをする。智宏も彼に習って、簡単な朝ご飯ていどは作れるようになった。図書館には大量の本があり、一角にはここから出て行ったオメガの残した本の寄贈コーナーもあった。その中には書き込みがあるものもあり、智宏は彼らはどこに行ったのだろうかと思いを馳《は》せた。どこかほかのアジールだろうか。それとも、オメガとしてまた社会に帰ったのだろうか。

アジールに来てよかった。

そう、智宏は心から思った。

最初の満月の晩までは。


オメガは発情すると、甘い匂いを発する。それは麝香に似た匂いだ。

このアジール全体が、その匂いに包まれている。智宏はここに来てからも抑制剤の投与を欠かさなかったので、明確な発情はしないが、その匂いはなんだか肌をざわつかせた。

さきほどから探しているのだが、類やカナコの姿が見えない。

「今日は満月で、セカンドのヒートの日だからな。ヒート間近になると、食欲がなくなるのはオメガにはよくあることなんだよ」

食堂で一緒になった先輩のオメガMが、教えてくれた。

「智宏は、抑制剤を飲んでるんだよな」

「はい」

「十三歳かあ。うん、今夜は早々に寝たほうがいいな。出歩かないほうがいいぞ」

夜、横になっても、ざわつきは消えない。匂いは濃く、智宏の私室にまで漂ってきた。ここに来てからは珍しく、寝つけない。

――オメガはくさいんだよ。

そう言われたことを思い出した。もしかして、ベータにとって自分は、こんなふうに匂いをまき散らしていたのかも知れない。

――出歩かないほうがいいぞ

けれど、扉はあけられ、秘密は暴露される。そういうものだ。

智宏は寝るときにはパジャマを着る。そのまま、室内履きのスリッパで、夜のアジールを歩き出した。男子寮棟にある、最初に気になっていたあのドアが開かれていた。ミーティングルームだと説明されていたところだ。匂いは、その中からしている。このドアは男子棟と女子棟を繋いでいるようだった。その廊下に足を踏み入れる。高原の夜はさわやかなのに、そちらからは、むっとした南国のような湿気が漂ってきていた。

歩いていくと、ちょうど男子寮と女子寮の中間当たりに、まるで木の枝に生えたヤドリギのように部屋がひとつ、あった。匂いはそこから漏れ出て、ここまで漂っている。

――決してあけてはいけませんよ。

秘密は、どうしてこんなに甘美なのだろう。暴かれることを望んで、そこに横たわっているのだろう。

智宏は、ドアに手をかけ、ためらった。鍵がかかっているかもしれない。そう思ったのだが、すんなりと開いた。部屋は薄暗かった。

だから、最初、智宏はそこでなにが行われているのかわからなかった。

室内では数十人の男女が、ほとんど全裸で絡み合っていた。それはかつて写真で見たことのある、大量の蛇の交合を連想させる光景だった。ぬめぬめと舌が、腕が、足が、絡んでいる。時折、はっとするほどの赤が目に入る。それはオメガの子宮が充血していることを示す、腹に浮き出る発情痕なのだった。もつれあう男女の中にはカナコもいた。類もいた。二人の視線が、自分と合った。いつも食堂で会う恥ずかしがり屋な女の子が、手を、智宏のほうに伸ばしてきた。おいで、おいでと誘うように。

オメガの体臭が入り交じり、すさまじい匂いが、鈍器のように智宏を襲う。よろよろと後じさり、ドアを閉めた。

吐き気が、胃からせり上がってきた。自室までと思ったのに、待てなかった。廊下の途中で膝《ひざ》を突き、戻す。何度吐いても胃のけいれんはおさまらず、涙が流れて、吐瀉物《としゃぶつ》の上に落ちた。

「大丈夫?」

涼やかな声がした。

仁科が智宏のかたわらにいた。彼はしゃがみ込むと、智宏の背をさすり、タオルを差し出してきた。そのタオルで口をぬぐいながら、ようやく吐き気が治まってきたのを感じた。

「戻っても眠れないだろう。僕の部屋に来る?」

静かに言われて、智宏はうなずいた。


仁科の私室は、男子寮の一角にあり、智宏の部屋とまったく同じ間取りだった。たまにここのオメガが遊びに来るからか。椅子がいくつも置かれている。そのうちのひとつに座って、智宏の吐いたものを掃除してくれている仁科の帰りを待った。

彼の机の上にある本が、気になった。「二都物語」とある。ハードカバーのごつい本を手に取りページをめくると、一枚の写真が落ちた。

愛らしい男の子が写っている。仁科に似ていたが、写真の子供の目は青く、顔立ちも異国の血が混じっていることを感じさせた。

智宏が急いでその写真と本を元に戻したところに、仁科が入ってきた。

「廊下はきれいにしてきたから、大丈夫だよ。ショックだった?」

智宏はうなずく。

「少し待ってて」

彼はキッチンで茶をいれ、マグカップを手渡してくれた。

「ハーブティーだよ。オメガの気持ちをなだめてくれる効能があると言われている。飲むといい」

「ありがとうございます」

茶は赤く甘酸っぱい。柑橘《かんきつ》類の香りがしていた。

智宏は訊《たず》ねる。

「仁科先生もオメガなんですよね」

彼は優しく微笑んだ。

「そうだよ。抑制剤を飲んでいるけれど、正真正銘のオメガだ」

だとしたら、さきほどの写真の子供は誰なのだろう。もしかして、オメガ変転する前に妻帯していたのだろうか。

「先生も、はぐれなんですか」

彼も手にハーブティーのマグカップを持っていたが、黙って茶の表面を見ていた。長い沈黙のあと、彼は言った。

「違うよ。僕には、運命の相手がいる。誰だかも、わかっている」

運命の相手。伴侶を見つけたら、生涯添い遂げるのが普通だ。

「もしかして、亡くなったんですか」

言ってから、無神経だったかと彼を見たが、仁科はカップを回しながら、その波紋に心奪われているようだった。

「それには、答えたくないな」

仁科は智宏に言った。

「さっきの光景は、まだ中学生の智宏くんにはとても衝撃的だったとは思うのだけれど、彼らのことをさげすんで欲しくないんだ」

彼はふっと息を吐いた。

「智宏くんはわかっていると思うけれど、ここに来るオメガは、来たくて来たわけではない。類くんのように料理人として将来を嘱望されていた者、カナコさんのようにモデルとして活躍していた者。それなのに、オメガ変転が生じた段階で、今までの人生を断ちきることになってしまう。オメガの、生殖本能、発情は、それほどに強く、逆らいがたいものなんだ」

それが、自分もあるのだと思うと、智宏は心の中に暗黒を抱えた心地になった。

「ここの中は安全だ。まるで同じ病にかかった人を保護するみたいに、オメガにとって最適な環境が整っている。アルファのいない発情したオメガが、互いを慰め合うのは、どうしようもないことだよ。それを理解してやって欲しい。このヒートの時期が過ぎたら、彼らはまた、元に戻る。彼らにも尊厳がある。きみに態度を変えられるのは、とてもつらいことなんだよ。抑制剤を使用しているきみには、それはわからないことで、だからこそ、思いやって欲しいんだ」

智宏は無言だった。

「ここから出て行く条件を知っている？」

「え、望めば、いつでも帰れるんじゃないんですか」

「そうだけれど、僕が知る限り、自発的に帰った人は誰もいないよ」

仁科の言葉は智宏を打ちのめした。

「でも！　ここは入るのも出るのも自由のはずですよね」

「うん。もちろん。望めば、いつでも出て行ける。けれど、ここはオメガにとって優しいんだ。ここにいるあいだは、衣食住から注文するものすべてが無料だし、いつまでいてもいい。医療施設も整っているし、出会うのはオメガだけだ。ここにいればいるほど、出るのは、難しくなる」

「じゃあ、どうやって出るんですか」

「一番いいのは、伴侶を見つけることだね」

伴侶を見つける？

「アルファがここに来るんですか。オメガと会うために？」

「そんなことになったら、大騒ぎになるよ。別の方法をとってる。でも、はぐれがここで伴侶を見つけるのは難しいね。確か十組はいなかったはずだよ。そうじゃなくて、つがいの相手を見つけるんだ」

「つがいでいいなら、すぐに出られるんじゃないですか？」

「アルファなら誰でもいいだろうって？」

——誰でもいいんだろ。

——くわえ込めるなら、誰でも。

自分が言われて、傷ついた言葉を彼らに向けている。

「……すみません」

仁科は叱《しか》らなかった。

「いいんだよ。さっきの様子を見たら、そう誤解しても無理はない。でも、彼らだってちゃんと相手を選んでるんだよ」

とにかく、と彼は話を続ける。

「先の見えない不安の中で、相手もいないのに発情だけが訪れる。たぶん、彼らのあれは、生殖ではなく自慰行為なんだろうね。ヒートのときの彼らは、ただひたすらに繁殖したいだけの生き物なんだ。その欲情の強さは彼らにしかわからない」

仁科は智宏の顔を見た。

「難しいかも知れないけれど、努力してみてくれると嬉しいな」

うなずき、礼を言い、智宏は仁科の部屋をあとにした。

自分の部屋に入って、ベッドに横たわり、目を閉じた。仁科がいれてくれたハーブティーのおかげだろうか。気持ちはさきほどより落ち着いていた。猫が夜中に集うように、どこにもいない相手を求めて、発情を繰り返す。オメガとは、なんと虚《むな》しい生き物なのだろう。そのオメガの中でも、抑制剤を使用している自分は、特別で、さらに異端なのだ。


午前中の学習プログラミングを終えて昼ご飯を食べようと食堂に行くと、類が頭を抱えていた。トレイを持って、彼の前に座る。

「藤本さん、気分悪いんですか？」

彼はこちらを見ないままに言った。

「ミーティングルームのあれ、見たんだろ。なんで見るんだよ」

今日はもう、いつもの類だった。

「すごく、匂いがしていたし。それに」

「それに？」

「見るなって言われていたので」

類が顔を上げた。目をひたと智宏に合わせてきた。それから、ぼそりと言った。

「そっか。そりゃあ見るよな」

「はい。見たくなります」

「じゃあ、しょうがないか」

ぽん、と類が智宏の頭をはたいた。最初に会ったときと同じように。

「発情期んときのあれは、自分でもどうかと思うよ。ひとりでなんとかしようと毎回覚悟するんだけど、あの、ヤリ部屋っていうか、あそこが開放されると、ついつい行っちまう。ひとりで悶々《もんもん》と部屋にいるよりは数倍ましだからな」

「俺も」

智宏は類に聞いた。

「俺も、抑制剤を飲んでいなかったら、ああなるのかな。したくてたまらなくなる？」

類は絶句した。

「……やー。考えたくないな。智宏はまだ十三だろ」

「うん」

「いいんじゃないのか。抑制剤を使ってれば、抑えられるだろ」

「藤本さんやカナコさんは、どうして抑制剤を使わないの？」

「それはな」

ぽーんと類の携帯端末が鳴った。

「来たか」

「来た？」

「ちょうどいいや。来いよ」

類が向かったのは、あの男女の寮のあいだの渡り廊下にある、ヤドリギのような部屋だ。尻込みしている智宏を見て「今はきれいになってるし、そういうんじゃねえよ」と類が言うので、入っていった。

なるほど。入ると、そこは天窓から陽光が降り注いでいる。中央には丸いテーブルがあって、上には三十ほどのビニール袋が置かれていた。わらわらと人がたかり、そのビニール袋を順番に渡しあっては中に鼻を突っ込んでいる。終わったものから、外に出て行った。

「なに、これ」

類もひとつを手に取る。中にはシャツが入っていた。鼻を近づけ、匂いをかぐ。

「え、なにしてるの？　藤本さん、大丈夫？」

「おかしくなったわけじゃないよ。これはつがいを探してるアルファが一日じゅう着用していたシャツなんだ。俺らは匂いでつがいの相手を探してるんだ」

「匂いで？」

「そう。抑制剤であるカレントの唯一と言っていい副作用は、相性のいいつがいの匂いがわからなくなることなんだよ。ここを出る一番の手段は、アルファのつがいを見つけることだ。つがいがいればある程度フェロモンも落ち着くし、アルファの後ろ盾があれば心強いからな」

全部のシャツがまたテーブルに返される。最初のうちはまだきちんと折りたたまれて入っていたシャツだったが、最後のほうでは、すでに丸まった布きれに過ぎなくなっていた。

「なあ、智宏。知ってるか？」

すでに興味を失ったというように、類はヤドリギの部屋をあとにした。智宏は彼のあとについて行く。

「アジールって、アルファの寄付で成り立っているらしいぜ」

「そうなの？」

「ああ。考えてもみろよ。これだけ広い敷地に、快適な住まいに食べ物。通販でなにか頼んでも、いっさい支払いしなくていいんだぜ。オメガにとってここ以上に快適な環境なんてないだろう。アルファのつがい探しのためなんだよ」

「そんな。そんなのって」

まるで、おおがかりな人身売買じゃないか。

「いきなりやってきてさらっていかないだけましなのかもな。東京あたりじゃ、オメガの人さらいが出るんだろ」

「そんなの、噂《うわさ》だけだよ」

「今度はピザパーティをやるか。園芸好きな子たちがいて、採れたての野菜が手に入るんだぜ」

類は笑った。彼はここでの生活を満喫しているように見える。

「藤本さん、外に出たいの？」

「うん、出たいね」

彼は言った。

「俺がお世話になっていた店、近くにでかいレストランができて潰《つぶ》れたんだ」

「え」

「俺がここにいるあいだにだ。マスターがどうなっちまったのかもわからない。アルファでここにシャツを差し出せるんだったら相当の金持ちだろう。そいつとつがいになって、金を出してもらって、マスターの店を取り戻す」

きっぱりと類はそう言った。

「誰でもいいわけじゃないのが難しいところだな。つがいでも、相性はだいじだ」

まあ、ヒート真っ盛りのときにアルファにせまられたら落ちるかもだけど、と類は心許《こころもと》ない付け足しをした。

アジール・ヴィオレの最良の季節は夏だったということに、智宏は気がつく。秋は足早に過ぎていき、仁科が言ったように、長い長い冬が来る。ヒート時以外には、アジールは穏やかで、争いごともなく、年長者がほかのアジールに移動していったり、何人かがシャツによるマッチングで選んだ相手と見合いの上、ここを出て行ったりした。入れかわるように数名の入所者が増えたけれど、智宏より年下はいなかった。

一生、アジールにいるのだろうか。

漠然と智宏はそう考えるようになっていた。ここから「卒業」したあとには、別のアジールに移って、そこで暮らす。そうして、死ぬまで抑制剤を飲んで、発情しないままに生きる。最初は頻繁にしていた両親との電話やメールの交換も、次第に間遠になっていた。彼らには彼らの生活があり、自分には自分の生活がある。

新潟との県境に近いこのアジールは、冬になると雪に閉ざされる。真っ白な雪原と化した敷地を、自分の部屋の窓から眺めていると、自分がもうこの世には存在しておらず、ここは天国かなにかではないだろうかと疑ってしまう。

よしんば生きていたとしても、死んだも同然だ。

生とは、自分の身体が生きて呼吸していることばかりではない。社会の中で人と心を通わせていくことも必要なのだ。

たとえば、学校。

たとえば、友人。

たとえば、バイト先。

普通の人たちが何気なく甘受していること。

行ったことのない場所に行く、知らない人とすれ違う、それらすべてが自分と関係がなくなっている。いつでも出ていいと言われても、社会で自分を待っているのが偏見だというのはわかっている。ここは保護施設だけれど、優しい牢獄でもある。ここにいたら、出ていくことが恐くなってしまう。


ほかにすることがないので、智宏は勉強に打ち込んだ。学ぶことが、自分は好きなのだと知った。小説を読んでいるときに、かつて「小説って字だけしかないじゃないか」と言った達也のことを思い出して、彼は今どうしているのだろうかと考える。ここに来るまでには、なかったことだ。

自分のことが心のトゲになっていないといいのだけれど。

誰も悪くないということがわかりますと仁科は言った。それが今、智宏には理解できた。

そう、誰も悪くない。

ただ、このオメガのフェロモン。それの発する強さを、見誤っていただけなのだ。

智宏がアジール・ヴィオレに来てから三回目の夏が来た。

中学三年になっていた智宏は、ここで高校のカリキュラムを修了したいと考えていた。

それを翻したのは、ひとつは類のせいだった。

その日は、朝から類の様子がおかしかった。

「類さん?」

ずいぶん長いこと一緒にいたので、今では年上ながらも名前のほうで呼ぶようになっていた。彼のヒートはつい最近終わったはずだ。それなのに、なんだか発情期のようにそわそわしている。

「どうしたんですか?」

「どう?」

彼は足を止めて上を向いた。

「どうって。どうしたんだろう。ああ、あれか。渡り鳥が旅立つ前ってこんな感じなのかな。なんかもう、とにかく、ここが」

彼はそう言うと、切なそうに心臓の近くを押さえた。

「きゅうきゅう言ってるんだよ」

そのときにぽーんと音が鳴った。あのヤドリギの部屋、ミーティングルームにアルファのシャツが運び込まれた音だった。

「あ」

もしかして、類さんは。

予感はあった。類は部屋に入ると、テーブルの上に置いてあるほかの袋には見向きもせず、ただひとつの袋を目指した。それを取り、中のシャツの匂いをかいだ。

「あ、ああ……」

類は、切なげな声を漏らした。まるで、情事のあとのような艶《あで》やかさだった。その場にいた仁科に、類はその袋をつきだして、宣言した。

「これ。運命の相手だ」

一度変転して「はぐれ」と認定されたオメガが、伴侶に巡り合える確率はないに等しい。立ち会っていた仁科も心なしかおろおろしている。

「類くん、間違いない？」

「はい。これです。この人です」

「じゃあ、相手に類くんのシャツを渡してもいいかな？」

「望むところです」

類は勢いよくシャツを脱ぐと、それを仁科に渡した。アンダーシャツ一枚になった類は、目をきらきらさせていた。

「類さん」

ミーティングルームから帰るときに、智宏は類にささやいた。

「うまくいくといいね」

いつのまにか智宏は、あまり類と背が違わなくなっていた。

「おう。オメガになってがっくりきてたけど、ようやく運が向いてきたぜ。とにかくリッチな相手であることを望むね」

それから類は、ひがな一日、ぼうっとして過ごしていた。たまに携帯端末を見てはため息をつく。まるで、恋人からの返信を待っているかのようだ。

そして、類の部屋で焼きそばを作っているときに着信音がして、彼は携帯端末に飛びついた。

「来た！」

彼の手は震えていた。智宏も思わず息を殺して様子を窺う。やがて、彼の表情が変わる。

何度も同じところを読み返しているのが、目の動きでわかった。

「嘘だろ？　嘘……」

「類さん？」

「なんで……」

智宏は急いでガスコンロの火を消しに行ったが、すでに焼きそばのソースは半分焦げていた。

「もうよそっちゃってもいい？」

返事は、なかった。

昼ご飯のちょっぴり苦い焼きそばを、智宏はすべて食べ、類は手をつけなかった。

「……俺の、マッチングの相手、さ」

「シャツの相手のことだね？　いい返事だった？」

きゅっと、類の顔がしかめられる。

「これはなにかの間違いなんだ」

「類さん？」

「前に話したよな。マスターの店が潰れたのは、近くに大きな競合レストランができたからだって」

「うん」

「俺の相手、そいつだった。そこのオーナーだったんだ」

なんだよ、これ。そう言う類の声はしわがれていた。

「じゃなにか？　俺は、そいつが近くに来たから、オメガになっちまったっていうのか。そのために、マスターの店は潰れて、俺は、こんなところに閉じ込められて。それでもって、俺はそいつに身を任せるのが一番安全ってなんだよ。そんなの、ありかよ」

伴侶を、類は見つけた。こんな形で。

智宏は声を発することができなかった。ただ、彼を見つめていた。

「とりあえず、話をつけに行ってくるよ」

「類さん。会いに行くの？」

「おうよ。運命の相手でも、匂いが変わると解除になるって言うだろ。なんかの間違いかもしんねえしな。とりあえず会って、文句のひとつも言わないと気が済まねえ。大丈夫。すぐに帰ってくるからさ。そしたらまた、料理を教えてやる。月が変わったら、九月生まれの誕生パーティメニューを考えないとな。今度は手巻き寿司大会がいいと思うんだ。それだったら好き嫌いとかアレルギーのあるやつでもいけるしさ」

彼は饒舌《じょうぜつ》だった。

「うん、とにかく、ちょっとだけ、行ってくるよ」

そう言うと、彼は携帯端末になにごとか打ち込んでいた。それから、包丁と調理用具をバッグに詰め始める。

帰ってこない。

智宏はそう直感した。この人は、ここから出たら、もう帰ってこない。

着の身着のままで、類は中央棟玄関に立つ。やがて、一台のタクシーが止まった。

「見送り、ありがとうな」

「あの、類さん」

「うん？」

開いたドアから乗り込む寸前だったけれど、彼は振り返った。

「どうした、智宏」

「俺、類さんに習った料理、作ってみる。一人になっても作ってみるから」

類は智宏の頭を、最初のときと同じように撫でてくれた。けれど、その目は今この、去りゆく夏の名残の日のように、寂しげだった。

「じゃあな」


類は、それきり帰ってこなかった。


「きっとうまくいったってことよねえ」

カナコが、自分の、きれいに彩られた爪《つめ》を見ながら言った。

「なんか、類がいなくなると、一気にテンションが下がる感じ」

そう。いなくなって改めて感じた。

クリスマスや正月料理、夏にはバーベキュー、毎月のお誕生会。類は実に細やかに演出してくれた。彼がいなくなったあとのアジールは、ひどく味気ないものになってしまった。

オメガ変転を起こさずにいたら、智宏は受験生だ。

いったいどこの高校を受けていただろうか。私立だったらこのあたりかとパソコンをクリックした先に、澤崎学院《さわざきがくいん》があった。幼稚園から大学まであるエスカレーター式の学校だ。

去年の澤崎学院の年中行事写真を、なんとはなしに見る。中等部に目立つ生徒がいることに気がついた。

「なんだ、こいつ」

黒い髪は癖がついていて、目つきが鋭くて鷲鼻で、そのくせ笑顔はとびきり明るい。

学園祭でもスポーツ大会でも中央にいた。生徒会役員にも顔を出している。

将棋の全国大会で三位に入ったとあったページに名前が出ていた。中等部三年の弓削恒星。

「弓削恒星。恒星？　すごい名前だな」

これほど特徴のある名前だったら、検索したら引っかかるのではないだろうか。本人の書き込みがあったりして、と思ったのだが、恒星はネットにまめなたちではないらしい。本人のＳＮＳは残念ながら見つからなかったのだが、たぶん彼のことだろう、恒星が、とよく書き込んでいる女子生徒ふたりを見つけ、智宏はこっそりそれをチェックするようになった。

ひとりがマミ、もうひとりがユミ。マミのほうが恒星の隣の席らしい。

『進学どうしよう。恒星はどこに行くのかな』

『聞いてみればいいじゃん。席が隣なんだし』

『わー、でも、聞きにくいー』

『あたしが聞いたげるよ』

彼女たちは、同じ学校なのに、なんで口で言わないのだろう。おかげで、「恒星」の進学先がわかった。

『やったー。恒星、内部だって』

『マジかー。また同じクラスになれるといいなー』

『だよねー』

澤崎学院中等部には夏期合宿があり、高原の合宿所でテニスをする。学校の報告ページに恒星が写っている。

『恒星、テニスで高等部の先輩に勝ってた』

『やべー』

マミもユミもこんなに盛り上がっているのに、告白しようとはせず、その行動を見守るだけなのが智宏には不可解だった。

『恒星たちと、試験あけにカラオケ行った』

クラスメイトと肩を組んで笑っている弓削恒星の写真がＳＮＳにあげられる。それを智宏はこっそり保存した。

『まじ笑える。恒星の歌、オペラだった』

『意味わかんないんすけど』

『それと般若心経』

『般若心経！』

『めっちゃイケボの般若心経。ラップ。「ぎゃーてーぎゃーてーはらぎゃーてー」ってサビの部分があって』

『サビ』

『私らタンバリン振りまくりっすよ』

もし。もし、自分がオメガになっていなかったら、そして中等部からここに行っていたら、この弓削恒星と同じクラスで、こうして彼とカラオケに行っているメンバーの中にいたかもしれないのだ。


「今からでも、行けばいいじゃん」

アジールの食堂で、夏仕様の水玉ネイルで長い髪の毛をいじりながら、カナコが言った。類がいなくなってから、カナコと智宏はよく食堂でいっしょにいる。だからといってベー夕の男女のようにあやうさを持つことはない。カナコがヒートのたびにミーティングルームに行っているのを知っていても、日常のひとつ程度に慣れてしまっている。

「行くって高校に？」

「うん」

「でも、ここからアルファの後ろ盾なしで出たオメガはいないって仁科さんが言ってた」

「だけど、智宏、中学三年じゃん。来年になったら高校一年生でしょ」

なんでもないことのようにカナコは言った。

「だから高校行けば」

九歳までは、考えていた。

なんの疑問もなく、十五歳になったら高校に行くのだと。

高校生になったら、友人と学校帰りにハンバーガーショップに寄ったり、カラオケに行って遊んだり、バイトに精を出したり、もしかしたら彼女ができたりするんだと思い込んでいた。

まさか、高校進学がこんなに困難を伴うものになるなんて、予想もしていなかった。

高校を受験してみたいと親に言ったら、しばらくしてから、「してみたら」と返事があった。

そのあいだに、きっと両親はうんとうんと考えたのだと思う。

今、自分たち家族は安定している。

仮死状態にも似た、静けさを保っている。智宏がオメガ変転してからこっち、両親はどんなに恥ずかしい思いをし、智宏の身を案じ、周囲に謝りまくったか。智宏がいなくなって、安堵していた部分だってあるだろう。

それは智宏も同様で、ここにいれば自分は「ありきたり」で、みんなと同じだ。外に出たら、またいやな目に遭う。味方なんていないんだと思い知るかもしれない。けれど、それ以上に、智宏はここの暮らしに飽きていた。逃げ込んだはずの安寧に、倦《う》んでいた。

とどのつまりは、智宏はこのまま沈み込むには若過ぎたのだ。


智宏は、仁科の私室を訪れ、そっと希望を打ち明けた。仁科は驚いていたが、「そうか」とだけ言って、あの、ミーティングルームでの出来事を見て衝撃を受けた夜のように、智宏のためにハーブティーをいれてくれた。

「類さん、帰ってきませんでしたね」

「うん。伴侶に会ってしまったからね」

ずっと疑問に思っていた。

「運命の相手というのは、そんなに大きな存在なんでしょうか」

「そうだよね。実際に会っていない智宏くんには、不思議に思えるだろうね。……——昔、そう、僕の友人の話だ」

仁科は語り出した。

仁科の友人は、どちらかというと地味な男だった。彼には勝ち気で華やかな姉がいた。姉は高校からアメリカに留学し、向こうで仕事に就き、そして名門の御曹司と巡り合い婚約した。その婚約者が仕事で日本に来たときに、友人の家に挨拶《あいさつ》に来た。姉と同じ強気なタイプの男かと思っていたのに、婚約者は穏やかで、温かくて、努力家で、優しかった。大学生だった友人はすぐに彼のことを気に入って、休暇のあいだ、日本を案内した。

山奥の、ここよりもっとひなびた場所にある、猿が入りに来る温泉に、泊まったときだった。友人は体調を崩して寝込んだ。身体が熱くなって、ふわふわと雲の上を歩いているようだった。姉の婚約者はたいそうに心配して付き添っていた。

その晩は満月だった。月明かりにくっきりと、腹の発情痕が浮き上がった。彼は、オメガ変転したのだ。そうして知った。姉の婚約者こそ、彼の運命の相手だったと。

その婚約者も、知る。姉を選んだのは、弟である彼の匂いに似ていたからだと。

そうして、二人は愛し合ってしまった。それは止めることのできないものだった。

翌日、二人は話し合う。日本でともに暮らそうと。姉には泣いてもらうことになるが、離れることはできなかった。

早速、相手は彼の姉に電話をした。向こうは夜で、姉ははしゃいでいた。

だいじな話があるんだという彼に、彼女は言ったんだ。

『誰に聞いたの？　私が今日妊娠が判明したって』


智宏は息を詰めた。

仁科は手の中でマグカップを所在なげに見つめている。「それで」と言った智宏の声は、語尾が消えるほどの小声になった。

「その、友人は、どうなったんですか？」

「そのままアジールに入ったよ。相手にも姉にも会っていない」

「今の話……」

仁科さんのことじゃないんですか。だからあなたは抑制剤を飲み続けて、隠遁者《いんとんしゃ》のように生活しているんじゃないんですか。

しかし、その疑問を口にすることははばかられた。

「今でもね」

仁科は言った。

「今でも僕の友人は、ふっと相手の幻を見ることがあるんだよ。もう何年も経っているというのにね。どこで、なにをしているのか、くっきりと、この現実よりも鮮やかに、見てとることができる」

ねえ、智宏くん、と彼は言った。

「運命の相手というのは、それほどに、ときに残酷なまでの強い絆を持っているんだよ。本人たちにもどうにもならないほどの」

窓の外では雪が降り始めていた。仁科の言葉はその雪のように、しんしんと降り積もり、決して溶けることはなかった。

智宏の受験は特別な配慮により、筆記試験と面接のどちらもアジール内で行われた。合格を伝えられたのは一月の末。アジールを退所するときには、両親が東京から迎えに来てくれた。

ビデオ電話では何回も話しているが、実際に会ったのは、智宏がアジールに入ったとき以来だった。

「智宏。身長が伸びたのね」

「おとうさん、抜かれそうだな」

そう言った両親が、この二年半のあいだに、年を取った気がして、智宏は胸が痛くなった。

どうせなら、親孝行したい。親が喜ぶことをしたい。

「戻ってくんじゃねえぞ」

見送りのカナコが怒鳴った。

「いやならすぐに帰ってこいよ」

矛盾したことを言う。

彼女は、酔っ払っていたのかもしれない。酔うほどに自分との別れが、つらかったのかもしれない。

■東京　高校時代

少ししか通わなかった中学時代の制服は、詰め襟だった。澤崎学院高等部はモスグリーンのブレザーにえんじ色のタイだ。

体育館で行われた入学式は、比較的落ち着いた雰囲気だった。それもそうだ。

「とうとう高等部だねー」

「て言っても、隣の校舎だし」

女生徒たちがそう言って笑っている。

智宏のような外部からの受験組は入学してきた四百人余のうち、二十名ほど。あとは中等部からの持ち上がりなのだ。さすがに、弓削恒星はわからないな、と思っていたが、体育館ですぐに目にすることになった。

「新入生代表。弓削恒星」

彼が呼ばれて壇上にあがったからだ。

恒星だ。

モニターの中の彼ではない。

本物だ。

髪の癖がいつもよりひどくて、後ろが立っている。それなのに、堂々としているところが彼らしい。

ちら、と彼がこちらを見た気がして智宏は首をすくめた。

——目が、合った……？

きっと気のせいだ。壇上に立った彼は臆することなく今日の日を迎えた喜びを語り、来賓と教師に感謝の言葉を述べ、今後の学生生活を澤崎学院の生徒としてふさわしいものにすると誓った。

入学式のあとは体育館の外の掲示板で、ホームルームクラスを確認する。智宏は弓削恒星と同じクラスだった。背後で男子生徒の声がする。

「恒星と同じだ。ラッキー」

「安定のリーダーシップだもんな」

「さすがアルファ」

アルファ。弓削恒星がアルファ。

「そういや、今年入ってきた中にオメガがいるんだってよ」

「いいじゃん、オメガ。あれだろ。満月になると淫乱になるんだろ」

どきりとした。

「それがさあ、男なんだってよ」

「え、なにそれ。最悪じゃん。男オメガなんて」

そのまま帰りたくなった。

なんで浮かれていたんだろう。

夢、とか。希望、とか。そういったものが自分にあるだなんてどうして思ってしまったんだろう。

知らない人たち。知らない場所。こんなところにのこのこ出てきてしまった自分。周囲が智宏をどう見るか、まざまざと見える気がした。ひそひそ笑いと好奇の目。それが次第に凶暴さを伴ってくる。

智宏の足は震えていた。そうして後じさろうとしたとき。

「教室、こっちだぜ」

腕をとられて、前に一歩を踏み出す。さらにその次の一歩も。

「あ、ありがとう」

自分より高い位置にある顔を見る。

「弓削、恒星」

「おう。さっき代表挨拶したもんな。おまえ、智宏だろ。宇田川智宏」

「なんで知って……——」

「うちのクラスの掲示板見てたから。クラスで男女一名ずつ、知らない名前があったんでわかった」

「ああ、そうか」

恒星は校舎に入ると、智宏の腕を放した。それでも彼は、智宏が教室に辿《たど》り着くまで、隣を歩いてくれた。彼といると、周りがこちらを見てそのあと道をあける。

なんだかとても、目立っている気がする。

「よーっす」

割り当てられた3組の教室に、恒星は入っていく。彼と席が離れていることに、智宏は一安心した。

目立ちたくない。できたらこの教室の机のように無視して欲しい。いっそ空気になりたい。

それなのに、恒星は休み時間になると智宏の前の席に来た。後ろ向きにどっかりと椅子に腰を下ろす。

彼はネクタイを緩め、ブレザーを着崩していた。

黒の癖っ毛に黒い目。不遜《ふそん》な態度をとっているのに、口元は今にも笑い出しそうで、なんだか近所の犬みたいだなと智宏は彼のことを見つめ返した。

「智宏、すげえ頭いいんだな。ここの外部入試、難しいので有名なんだぜ」

「勉強したんだ。ほかにすることなかったから」

しまったと思った。長い間アジールにいたせいで、かなり世間とずれている自覚はある。アジールでの生活のことを口にしたら、きっと引かれる。けれど、さらっと恒星は言った。

「なんだ、刑務所にでも入ってたのか?」

じっと智宏は恒星を見つめた。そして考えた。

たとえここで目の前の男に、刑務所にいたと言ったとしても、彼は「ああ、そうなんだ」と受け入れそうな気がした。なので、智宏は正直に答えた。

「アジールにいたんだ」

「アジールってあれだろ。オメガの保護施設」

「そう」

「そっか。智宏、オメガなんだもんな」

ほくろがあるんだ程度の軽さで言われてうなずく。

「でもさ、そこにいたら誰もが勉強できるようになるわけじゃねえだろ。智宏が頑張ったからだろ。それは誇っていいとこじゃねえの」

誇る。目をしばたたかせる。そういうふうに考えたことはなかった。

恒星、と誰かに名前を呼ばれ、「おう」と言って彼は席を立った。そのときになって、彼がこちらの目を見て話してくれたこと、そして智宏の名前をいともたやすく呼んだことに気がついた。

智宏がいつもチェックしているSNSは、にぎやかだった。

『恒星と一緒になった』

『よかったじゃん』

『それが、男オメガもいっしょ』

『えー、なに。最悪。あれでしょ。男だけど子供作れるんだよね。こう、サキュバスみたいなの』

『サキュバスってなに』

『ぐぐれ』

あわててそのサイトを閉じ、それからそのSNSを覗くことはなくなった。

夢魔。サキュバス。

その男にとってもっとも魅力的な姿で現れ、男の精液を吸い尽くす悪魔。なんだその設定は。

ようは夢精という恥ずかしい現象が起こったときに、あれは自分のせいじゃない。サキュバスのしわざだといいわけするために作られた魔物だ。

人間の想像力のたくましさに智宏は感心する。

月が欠けて、満ちて。

とにかく息をひそめて。なにごともないようにしていれば、時間は過ぎてくれるだろう。

高校に入ってから智宏にとって最初のヒートが訪れようとしていた。


ヒート前後の三日は休みを取ることは学校側に伝えてあった。抑制剤も欠かさず飲んでいたが、久しぶりにアルファやベータのいる外でヒートを迎えるので緊張しているせいか、ヒート二日前から智宏には微熱があった。

体温が高くなるにしたがって、周囲がこちらをちらちらと見始める。欠席したほうがよかったのかと考えたが、智宏の中の意地っ張りな部分、腹奥の塊のようなものが、休むことを好まなかった。

しかし、よりによって体育があり、テニスの試合をすることになったときには、音《ね》をあげそうになった。しかも、くじ引きで決まった対戦相手は弓削恒星。

世にも珍しい、アルファとオメガの対戦となった。

クラスメイトで試合をしていない者は、智宏たちのコート脇に集合している。

試合が開始され、恒星は落ち着いて鋭いサーブを打ち込んできた。智宏は、彼の球を正確に拾った。

どよめきがあがった。

アジールでは、夏の間、よくテニスをした。中にはとてもうまい人がいて、暇にあかせてていねいに教えてくれたので、智宏はテニスは得意なほうなのだ。

熱のある頭で、恒星の目の使い方、筋肉の動きや足の向きから、どこを狙っているのかを読む。あとは、そこに向かって走り、ボールをラケットで受け止める。智宏は力こそないが、身体が柔らかく鞭《むち》のように使うことができ、ボールのコントロールが的確だった。恒星の届かないところに一直線に打ち込むことができる。

「うっわー、えげつねえ球出すなあ」

そんな声が耳に入ってくる。だが、恒星だってかなりえげつない。その恵まれた体軀をフルに使って力任せに押し込んでくる。抜いた、と思ったのに、飛びつかれて、返されることもままあった。

――あれ？

智宏は気がついた。俺、目立たないようにするんじゃなかったのか。だったら、ここはオメガらしく、アルファに負けておいたほうがいいんじゃないのか。

けれど、それはいやだった。それに、楽しかった。

この男、恒星と、全力を振り絞って戦うのは、智宏の心を躍らせる。

試合は1セットマッチだった。

最初の2ゲームは智宏がとった。智宏は次第に体力を削られ、3ゲーム目を落とした。4ゲーム目も恒星の先制点が決まり、流れは彼にあると思われた。

けれど、文字通り、風向きが変わった。風は、恒星から智宏に向かって吹いていたのが逆になった。それと同時に、いきなり恒星の足下がおぼつかなくなった。もしかして脱水症状でも起こしたのではないかと心配になったくらいだった。

確かに野外のコートでは風が試合を左右するときがある。しかし、そのときの風は決して強いものではなく、恒星が調子を崩す理由にはならない。

残るゲームを競り勝ち、智宏の勝利となったが、相手が手を抜いたのは明らかだった。

頭がぼうっとしていたせいもあるのだろうが、恒星に勝ちを譲られたことがとにかく腹立たしくて、どうしてというくらいにむかむかして、おさめようがなかった。

試合のあとの握手を拒否した。おとなげないと思ったが、こんな屈辱を与えた相手と手を合わせることはできなかった。

「おまえがアルファで俺がオメガだからって手加減するとか、ふざけるな！」

そう言い放って背を向けた。

負けるのはしかたない。実力の差だ。けれど、軽くいなされたことは許せなかった。

興奮したためか、熱が高くなり、智宏はそのまま家に帰った。

自宅二階の子供部屋で寝ていると、はじめてヒートが来て、うろたえた夜のことを思い出す。ろくでもない記憶。

澤崎学院を早退したことは、仕事先の母親に連絡が行ったはずだ。きっと慌てて帰ってくるだろう。

情けなくて、泣けてきた。

いつまで親に心配をかけているんだ。もう高校生なのに。小学生のときとまったく変わらない。

玄関のドアが開いて、母親の声がした。

「ただいま」

やがて、とんとんと足音がして、彼女が階段を上ってくる。ドアが開き、フルーツゼリーを載せたガラスの小鉢が、智宏の枕元に置かれた。母親は智宏が思っているよりも穏やかな顔をしていた。浮かれているようにさえ見えた。

「熱はどう?」

「たいしたことないよ」

「ゼリー、食べる?」

「うん」

ベッドに起きあがり、スプーンでゼリーをすくう。

ひんやりしたゼリーは透明で、中にオレンジとメロンとブドウが閉じ込められている。熱っぽい喉《のど》をそれはつるりとすべっていった。

「すごくおいしい。これ、どこの？」

智宏が訊ねると、母親は「弓削くんって人からもらったのよ」とこともなげに答えた。ごほっ、ごほっとゼリーが変なところに入ってしまう。

「恒星が？　恒星と会ったの？」

「恒星？」

「あ、弓削恒星」

母親は、微笑んだ。

「そういえば、向こうも智宏って言ってたわ。名前で呼び合うお友達がいたのね」

「いや、お友達とかじゃ」

「おねえさんの伴侶がオメガだから、ヒートのときの苦しさが少しはわかるって。それなのに、無理させて申し訳なかったって謝ってたわよ。それで、ゼリーなら入るんじゃってくれたの。いい子ねえ」

ほとんど平らげてしまったゼリーを見つめる。窓から入ってくる午後の光に、食べかけでぎざぎざのゼリーは宝石のように輝いていた。

「ずっとドアの前で待っててくれたのよ。そのゼリーは保冷剤がついていたから冷たいけど、本人は赤い顔してたわ。日に灼けちゃったんじゃないかしら。家に上がっていくように言ったんだけど、今はやめておきます、満月近くで過敏になっている時期だからって。それから、これも渡してくれたわ」

差し出されたのは、今日のぶんのプリントと、ノートだった。ノートは要点をマーカーで色分けしてあり、わかりやすい。この先生はここをテストに出す、とまで書いてあって、ありがたかった。

「いい子ねえ」

母は、もう一度言った。

現金なものだと自分のことを思った。あんなに怒っていたのに、もうやわらいでいる。それはこのゼリーをくれたからだけではなく。ノートのためだけでもなく。

こんなふうに思いやられたのが、たぶん、初めてのことだったからだ。

自分は恒星にかなわない。

ヒートが終わって登校すると、教室に入る前の廊下に恒星が立っていた。きちっとネクタイを結んでいる。髪も心なしか、整えているようだ。

ゼリーとノートの礼を言わないといけないないなと近づく前に、向こうから寄ってきた。

彼はがりがりと頭を掻いた。

「あー。あのー」

視線を方々にさまよわせた。

「なんだ？」

「だから、そのー」

歯切れが悪い。

「このまえは、悪かったよ」

「いいよ。確かに俺はヒート前で熱があったんだ。こっちの身体のことを思ってくれたんだろ」

「いや、そうじゃないけど。そういうんじゃなくて」

「じゃ、なんでなんだ？」

まっすぐに彼を見る。恒星は目をそらした。

「とにかく、結果的に手を抜いたことになったのは、悪かった」

結果的に？　引っかかったが、彼の謝罪を受け入れることにした。

「俺もあの日はちょっと言いすぎた」

智宏は学校指定の肩掛け鞄《かばん》の中から、恒星のノートを出して手渡した。

「これ、ありがとう。すごく助かった」

恒星はほっとしたようだった。

「ほんとか？」

「うん」

「あのさ、これからも、学校を休むことがあるわけだろ。その、三ヶ月ごとに」

姉に伴侶がいると言っていたのを思い出す。オメガの身体のことをよく知っている。

「そしたら、そのあいだのノート、俺が取っておいてやるよ」

いらないと言うには、あまりにも魅力的な申し出だった。

「いいのか？」

「おう。そのかわり、ひとつ、頼みがある」

智宏はきゅっと眉を寄せる。なにを頼まれるのだろう。警戒心が頭を持ちあげる。

「おまえ、生徒会に入れよ」

「はあ？」

思ってもみなかった申し出に、言葉がうまく出なくなる。

「なんで俺が。むり。むりだから」

「むりじゃねえよ。高校生活、楽しいほうがいいじゃん。違うか？」

智宏はきっぱり言った。

「俺は、高校生活に楽しさは、一切求めてない」

とにかく学校生活をやり遂げられればいい。中学のときのようにこの身体を原因とするトラブルがなく、無事に終えることができれば御の字だ。

食堂で恒星は向かいの席に座った。今日のメニューはカレーライスだ。それにグリーンサラダとふっくらしたオムレツがついている。

「ひっそり高校生活を送るのは、おまえには不可能だ」

恒星はきっぱり言い切った。

「なんだって？」

「どうしたっておまえは目につく。まぎれることはない」

平然と言ってのけた相手は、口の中に大きなスプーンを丸ごと入れそうな勢いだ。

あのさあ、と彼はカレーを咀嚼《そしゃく》しながらもごもごと言った。

「智宏、知ってるか。出る杭《くい》は打たれる」

「うん」

「でも、抜けちゃえば打たれないんだ」

なにを言ってるのか理解に苦しむ。

「俺はアルファだから、ずっと目立ってきた。なにかやってへまをすると『アルファなのに』って言われるし、うまくいったら『アルファだからあたりまえ』なんだよ」

アルファはいいな、と正直思っていた。オメガが陰だとしたらアルファは陽で、だから、いつも日の当たっているところをまっすぐに歩いているイメージしかなかった。

「アルファも、たいへんなんだな」

「おう。だけどオメガほどじゃない。自分の身体が変わるだけでもキツいのに、他人が態度を変えてくるんだから、たまんないよな」

「……うん」

「智宏。怒らないで聞いて欲しいんだけどさ」

そう言って、彼は空の皿にスプーンを置いた。こちらはまだ半分も食べていない。

「なに？」

「あのさ、幽霊とか妖怪とか、正体のわからないものって恐いじゃん」

「いきなり、なんだよ？」

「それといっしょで、みんな、智宏のことが恐いんだよ」

恐いと言われたのは初めてだった。

「俺は幽霊とか妖怪か？」

「だから、怒るなって言っただろ」

「だってひどいだろ」

「もののたとえで、そのくらいだってことだよ。だいたい、智宏、すげえ色っぽいんだもんよ」

手からスプーンが落ちそうになった。

「はあああ？」

「なんだ、知らなかったのか？」

「知らないよ。なんだよ、色っぽいって」

「智宏を見ると、なんていうのか、くらっとするんだよ。うん？　ざわざわかな。とにかく、落ち着かない気持ちになる。そのくせ、もっと見ていたいんだ。心当たり、あるだろ」

「施設に入る前、中学生のときにはよく絡まれると思っていたけど」

「自覚ねえのかよ」

「そういうの、わかんないよ」

色気があるとか、ぐっとくるとか。

「だって俺、愛とか恋とかいうより前に発情したから。それから抑制剤飲み続けているから、誰かをそういう意味でいいなと感じたことないんだ」

「だからー。無自覚こええ」

恒星は説明を始めた。

「智宏は刺激しないようにってやったとしてもだ、智宏の存在自体が本能を刺激するんだよ。だったら、ぱーっと主張したほうがいい。幽霊じゃない、こういうものなんですって。そのほうが、周りの生徒も安心する。俺が保証する」

「保証？」

「なあ。俺が、智宏を守るよ」

智宏はおかしくなった。

「なんだ、それ」

「だから、俺と生徒会に入ろう」

しばらく智宏は考えていた。

九歳のときのヒート。それから、ずっとこちらが被害者だと思っていた。一方的に迫害を受けているとばかり感じていた。もちろん、欲望のまま暴力的な方法で屈服させようとした相手のことは、今でも腹立たしいし、当時の教師の対応にも納得がいかない。だが、そんなふうに、相手によくわからないままに強い影響を与えていたのだとしたら。

わかっているつもりだったが、智宏は己を知らなさすぎたのではないだろうか。

それに。

こちらを向いて、なんと返事をするのか待っている男。弓削恒星と接点を持つことができるのなら、いいかと考え始めていた。それは彼がアルファだからなのか。それとも、彼の裏表ない感情が自分を揺さぶるのか。わからなかったが、智宏はうなずいた。

「いいよ」

「ほんとか?」

「うん、やってみてもいい」

恒星は、智宏の手を両手でぎゅっと握った。

「俺らはいいコンビになるよ。こういう勘は冴《さ》えてんだ」

生徒会なんて、そうそうやりたい人間はいない。立候補したら即、執行部に入ることになった。

最初こそ緊張したものの、生徒会役員は眼鏡の会長を始め、みんな優しい人たちだった。あらかじめ、「俺はオメガなんで、特にヒート近くなると無意識にフェロモンが漏れてしまうらしいんです」と申告しておいたら、会長は「どうりで宇田川くんを見ているとそわそわすると思ったよ」と笑った。


少しずつ、智宏の世界は変わり始めた。


「合宿はこの日で、球技大会はここ」

生徒会執行委員として、一年生の行事日程を恒星が決めていく。

自分の生徒手帳にそれを書き写していくうちに智宏は気がついた。智宏がヒートのときをずらして設定しているのだ。行事にはできるだけ出たいと思っていた。いないと目立つし、会話についていけなくなる。はみだしていく感じがある。

彼のおかげで、智宏は行事に欠席することなく参加することができた。

智宏の成績は学年上位だったし、運動もあるていどできる。アジールで習っていたせいで、アルトサックスとピアノをこなすことができた。恒星と成績の首位を争い、恒星とマラソン大会でトップを競い、恒星と組んで学園祭で演奏をした。

そして、二年になったとき、智宏は生徒会長になった。恒星は副会長だ。

夏休み前に生徒会は新役員に交代する。

「ふつう、こういうの逆だと思うんですけど」

アルファが生徒会長で、オメガが副ならわかる。

前生徒会長に訴えると、彼は笑って言った。

「僕はこのほうが据わりがいいと思うよ。弓削くんのことは幼稚園から知ってるけど、いつもちょっぴり窮屈で気難しそうだった。弓削くんは宇田川くんにかしずいているときが一番生き生きしてるね」

「かしずく……?」

「そんな感じだよ。全身全霊で、褒められたがっているみたい。それに、宇田川くんは案外交渉上手だよね。きみに頼まれるといやって言えなくなる」

「それは、恒星が」

恒星には常々言われていた。

褒めるのはいい。世辞は言うな。

心にないことを口にしても、人の気持ちは動かせない。心は繊細で、微細な情報で真実を察知する。嘘は、つかないのが一番だ。相手に頼みごとをするときには目をしっかり見ろ。智宏の目には力があるんだ。


三年の学園祭。

リクエストが多かったので、生徒会は「ロミオとジュリエット」をやることになった。残念ながら、希望されていた智宏のジュリエットではなく、ジュリエットは恒星だ。

手芸部が張り切ってドレスを作ってくれ、あと一週間で本番というときだった。台本を教室に忘れて、智宏は取りに行った。それは机の上に出しっ放しになっていて、大きく「いい気になるな」と書いてあった。すっと身体が冷えていく気がした。

「智宏」

遅いことに焦《じ》れたのだろう。恒星が迎えに来た。慌てて台本をうしろに隠したのだが、近寄ってくると取り上げられた。

「たまたま台本があったのを見かけたとしたら、同じクラスだな。この太さの油性マジックを使っていたのは郷土史発表組。あとは筆跡からだいたい見当がつくぜ」

「もういいよ。表紙に紙貼るから」

「なんでだ」

恒星は智宏を見つめた。

「だって、確かに俺、いい気になっていたから」

ＳＮＳにおけるマミユミのかつての書き込みによると、中等部での恒星はみんなの言わばアイドルのような存在だったらしい。それを高等部になってからは、ほとんど智宏が独占している。おもしろく思わない者がいても当然だろう。

「別にいい気になってないだろ。第一、台本に悪口を書いていい道理はねえ。あきらめて受け入れるのは、それをよしとしたってことだぞ。おまえ、他人の台本がこんなことされてもそれでいいって言えるのか」

「それは……」

「それに、こっちだけじゃない。向こうにも言い分はあるはずだ。黙ってがまんしてればいいって、一見いい子ちゃんだけど、お互いにとって禍根になる」

恒星はほどなくこの字を書いた女生徒を見つけ出した。どうする、と聞いてきたので、智宏は彼女と話をしてみたいと正直に伝えた。

屋上に行ってみると、見覚えのある子だった。マミユミのマミのほうだ。

きゅっと口元が引き結ばれている。

——私、謝らないから。悪くないから。そうされて当然なのよ。

彼女の態度からはそんな気持ちが伝わってきた。

向き合うと、思いの外に智宏は冷静になってきた。それに、彼女がいたから、あのＳＮＳがあったから、自分はアジールを出ようと決心できたのだ。

「なに、笑ってるの？」

「え、俺、笑ってた？」

「笑ってたわよ。余裕よね」

「きみにお礼を言わないといけないと思って。ありがとう」

彼女はぎょっとしたようだった。

「台本にいたずらされてお礼とか、バカじゃない？　バカじゃない？」

「さすがにそれはないよ」

智宏はおかしくなる。

「あれ？　むしろ謝らなくちゃならないのかな。きみのＳＮＳをアジールで見たんだ」

「アジール？」

座ろう、と智宏が言うと、彼女は素直に従った。うららかに暖かな日。風をよけて壁にもたれて腰を下ろす。

「アジールってオメガの隔離施設？」

「うん、まあ、そんなところ。あ、ごはんはおいしいし、みんな優しいし、本は読み放題だし、いいところだったんだよ。だけど、外に出て思うけど、不自然だよね」

あまりに優しく、穏やかだった。そうだ。仁科が言っていたように、同じ病を抱えた病人同士のような、連帯感の上にあれは成り立っていた。

「中学三年になった年に、ここの学校のサイトを見て、それから、きみのＳＮＳを見るようになって、楽しそうだなって思ったんだ。だから、ここを受けた」

ひっと彼女は頰に手をやる。赤くなっていた。

「うわー、なに、恥ずかしー。つーか、見ないでよ」

「だって見れるように設定されてたから。あ、今は見てないよ」

入学式の日からは心臓に悪すぎて見ていない。

彼女は言った。

「私、恒星のこと、好きなの」

「うん」

「でも、恒星は私のことなんて、眼中にないの。気持ちはわかってると思う。だけど、相手にしないの」

「そうなんだ」

「それなのに、宇田川くんなんて、オメガだっていうだけでくっついちゃって。運命の相手とか言っちゃってるんでしょ」

そんなふうに、見られていたのか。

「恒星の運命の相手は、俺じゃないよ」

「嘘」

「ほんとう。もしそうだったら、俺は高校に入るまでヒートになってない。俺にはそんな相手はいない。それに、俺は一生、抑制剤を飲み続けるって決めてる」

「でも、そうしたら、アルファとカップルになれないんでしょ。赤ちゃん、できないじゃない」

智宏は苦笑いする。

「正直、俺が子供を産むとか想像できないよ。九歳のときまで、そこらにいるのとまったく変わらないガキんちょだったんだ」

「そっか。じゃあ、普通の女の人と結婚すればいいんだ」

「それもないな」

いい考えだと思ったのに、とマミは唇を突き出している。

「オメガ変転すると、ベータに対してもそういう意味であまり興味がなくなるんだ。奥さんになる人が気の毒だ」

「それじゃ、宇田川くんは一生恋知らずのままなの？」

マミが真剣に自分を慮《おもんぱか》っていることを感じて、女の子とは不思議な生き物だと感じ入る。さきほどまで憎んでいた自分を、今は思いやっている。

「オメガの恋愛は、ベータとはまるで違ってる。強い欲望に逆らえない。俺は、自分を見失いたくないんだ。誰かに人生を明け渡すのなんていやだ」

智宏は立ち上がった。

「悪かったわよ」

マミからの謝罪は突然だった。

「つまんない意地悪して、ごめん。もうしない」

智宏はうなずいた。


学園祭当日、智宏は膝丈のチュニックにタイツを穿《は》いていた。

恒星は深い青のドレスを着ている。メイクを施した恒星は意外や、美人だった。青いドレスが、黒髪に似合っている。髪はエクステンションをつけて長くしてあった。

「きれいでしょー」

担当した女生徒が悦に入っている。

「うん、美人だ」

自らの姿を大きな鏡で確認した恒星が、失意のうめきを漏らす。

「これ、うちの姉ちゃんじゃん。うわ、嘘だろ。流星そっくりだよ」

嘆いている。

シェイクスピアの時代。

簡易な野外劇場は照明の灯《あか》りが届かず、舞台は薄暗かった。それがために状況説明が俳優によってなされる。自然、長ゼリフが多くなる。

今回は学園祭用にかなり台詞《せりふ》と人数をはしょっている。けれど、舞踏会とバルコニーと二人の死ぬラストシーンは外せない。特に舞踏会では、ロミオとジュリエットが家が仇《かたき》同士と知らぬままに口づけるシーンがある。

キスシーンになると、おおーと客席がどよめくのを背に感じた。

ああ、受けているなあと安堵する。

実際に唇をつけているわけではないが、智宏の身体で客席から詳細は見えないはずだ。身長差をカバーするため背のびしているので、体勢がきつい。恒星だって苦しいだろう。どんな顔をしているんだろう。そう思って、つぶっていた目をかすかにあけてみると、彼は首筋がジンとするほどに、真剣に自分を見ていた。

――……あ。

急いで目を閉じたのだが、自分の血が、恒星を求めてぞろりと動き始めた気がした。

匂いがひとつになっている。気体の次には、液体を混ぜ合わせたい。この唇を近づけ、合わせ、舌を絡ませ、唾液《だえき》の味を知りたい。それから、次には身体を絡ませて……――長い時間に感じられた。ようやく恒星と智宏の身体は離れる。

――今のは、なんだったのだろう。

恒星は平気な顔で演技を続けているが、智宏は台詞をすっ飛ばしてしまった。舞台袖に退場したのちも、まだあの感覚を追いかけている。

客席がどうとか、ライトがどうとか、どうでもよくなっていた。まるで、世界に二人きりになったみたいだった。恒星と自分しか存在しないように感じられた。

後日、学園祭の打ち上げがカラオケルームで行われた。

そのとき智宏は、恒星の般若心経ラップを生で聴くことができた。

――ああ、俺、恒星と一緒に高校生してるんだ。

画面の向こうに彼を見て、ＳＮＳでチェックしていたときが、遠い昔に感じられた。

カラオケは盛り上がり、延長を繰り返し、店を出たときにはとっぷりと日が暮れていた。

「智宏。家まで送ってくよ」

「いいよ。女の子じゃあるまいし」

「遠慮すんな」

恒星は隣に立って歩き出す。

「ほんとにいいって」

「姉に運命の相手がいるって話はしたよな」

「うん」

「彼はオメガMだ。ヒト性男で柔道は黒帯、身長は百九十センチある。そんな人でも、オメガ変転前のヒート時期には妙に痴漢に遭ったりしてたそうだ」

オメガのフェロモンのせいだ。

「だから、送らせてくれよ」

「お願いします」

最寄り駅から自宅までのあいだ、並んで歩いた。暖かな風が吹いていた。今日は二人とも私服だ。恒星はヘンリーネックの白シャツにジャケットで、智宏はシャツにカーディガンを羽織っていた。

「恒星。ありがとう」

「こんぐらい、どうってことねえよ」

「違うよ。そこにじゃなく」

いつもは、照れくさくて言えないことも、今このとき、夜闇にまぎれてしまえば言える気がした。

「恒星といると、楽しい。すごく、温かくて、嬉しくて。生きててよかったって思える。恒星が、俺の人生を変えてくれたんだ」

「おおげさだなあ」

「ほんとのことだよ」

智宏は足を止めた。つられるように、恒星もその場にとどまる。

「あのさ、いっこ、聞いてもいい？」

「なんだ？」

「恒星は、俺のこと、つがいにしたいと思ってる？」

しばらく、沈黙が続いた。それから、恒星はゆっくりと口を開いた。

「思ってねえよ」

その返答に、智宏は安堵した。

「ほんと？」

「嘘はつかねえ。智宏のことを、つがいだと思ったことは一度もない」

「よかった」

もし、今まで恒星が自分によくしてくれているのがつがいとしてだったら、申し訳なさ過ぎる。二人は再び歩き出した。

「智宏は、一生発情しないんだろ」

「うん」

「俺、オメガって伴侶を探してるもんだとばっかり思ってた」

「伴侶には簡単には会えないよ。俺ははぐれだし」

ねえ、恒星、と智宏は続けた。

「はぐれって誰とはぐれちゃったんだろうね。もしかして、ヒートが訪れたその瞬間には、運命の相手がいたのかもしれない。でも、匂いが変わって、もうそれは伴侶じゃなくなってしまって、そのまま永久に会えなくて、そうやって迷子になっちゃったのかな」

伴侶にいつか会えるかも、なんて、そんなことを夢想するほど子供ではない。

「そっか」

恒星は手を出してきた。いつものようにふれてくるのだろうと智宏は待ち構えたが、その手は途中で止まり、力なく落ちた。

そうだ。

あの、学園祭の打ち上げから、恒星は自分に対してほんの少し距離を置くようになった。頭を撫でなくなった。腕を摑まなくなった。互いの距離がほんの五センチほど、以前よりあくようになった。

恒星は帝都《ていと》大学法学部に行って弁護士になると言っていた。自分も頑張れば行けるだろう。同じ大学に行って、できたら共同で弁護士事務所を開きたい。そう言ったら恒星は「それはいいな」と返答してくれた。智宏はその思いつきに夢中になった。実現したらいい。そうしたら、恒星がつがいを、いや、伴侶を娶ったあとも一生いっしょにいられる。

夏休み直前に、生徒会の交代があり、智宏と恒星は任を解かれた。

そうして、休みに入ってしばらくして、智宏の携帯が鳴った。

『よう』

恒星からだった。

「恒星」

『あのさ、今から出てこれる？』

「うん。いいけど。おまえ、どこにいるんだよ」

『智宏の家の前』

二階の自分の部屋から外を見ると、恒星がこちらに向けて手を振っていた。

急いで外に出る。

「なんだよ、いきなり」

恒星は半袖《はんそで》シャツを羽織っていた。ハーフパンツを穿いており、サンダル履きだった。智宏もTシャツで、さきほどまでくつろいでいたので、だぼっとしたイージーパンツ、足下は突っかけだった。

「ちょっと、話がある」

二人は、近くの公園に行った。

住宅街から少し離れたところにあるその公園には人がいなくて、あまり手入れが行き届いておらず、カヤツリグサが智宏の膝ぐらいにまで茂り、青くさい匂いをさせていた。

「一応、挨拶しておこうかな、と」

そう恒星は言った。

「旅に出てみようと思ってさ」

「そうなんだ」

みんな受験に血眼になっているのに、恒星はさすがの余裕だなと智宏は感心した。

「どこに行くんだ？」

今までも恒星はいきなりふらりと旅行に出かけることがあった。熊本の山奥や、佐渡島、それから北海道。鈍行列車を乗り継ぎ、歩き、ヒッチハイクし、野宿して、日焼けして帰ってくる。だから、今回もその延長だとばかり思っていた。

「とりあえず、これから一番安く取れそうなチケットで海外に出る」

「海外？」

ずいぶんと大がかりだなと智宏は目を見張る。

「夏休みが終わるまでには帰ってくるんだろ」

「いや。学校、やめるし」

「え、え」

ちょっと待って。待ってくれ。

「どうして？　なんで急に」

「そうするべきだと思ったからだ」

恒星のことを止めても無駄なのは、長いこといっしょにいてわかっていた。彼がこうと言ったら行動する。それは覆らない。

恒星の中でなにかが変化したのだ。もう彼はすっかり決心していて、智宏にできることは彼を送り出すことだけなのだ。

なぜか、類を思い出した。彼もまた、アジールを出るときには心は定まっていて、智宏にはそれを見守ることしかできなかった。

「恒星がいないと、つまらない」

なにをすねたことを言っているのだろう。

「智宏」

「ずっといっしょにいられたら、よかったのに」

恒星はつらそうだった。どこかがひどく痛むという顔をしていた。彼が手を伸ばしてきた。智宏の肩にふれた。それから、強く抱きしめられた。

「俺もだよ。俺も、智宏といたい。でも、このままじゃ、俺はおまえのそばにいられないんだ……」

苦しげな声だった。

「……恒星？」

はっと我に返ったように身体を離された。

「ご、ごめん」

「あ、ううん」

別に、よかったのに。抱きしめていても。もっと長くそうしていても、かまわなかったのに。

「あの。あのさ」

どうして、そんなことを言い出したのだろう。

「俺、恒星のシャツ、欲しい」

彼はびっくりしたようだったが、今着ていたシャツを脱いで、智宏に渡してくれた。

「智宏のも、くれよ」

なんてことのないように言われたので、自分のTシャツを脱いで彼に渡す。

アジールでは、オメガとアルファはシャツの匂いで相性のいい相手を見分けるんだよと、軽口にして伝えようとしたのだがうまく言葉は出てこなかった。

「……恒星。元気でね」

それだけをようやっと伝えた。

「俺はいつでも元気だよ」

「そうだね」

泣きそうになるのをこらえる。

「さよなら、恒星」


そうして、恒星は行ってしまった。


夏休み明けの学校に彼の姿はなくひとときクラスがざわつき、智宏に行方を聞く者が現れたが、知らないと答えるばかりだったし、彼の携帯も繋がらなくなっていたし、やがて日々の忙しさの中で、誰もが彼のいない生活に慣れていった。

智宏は第一志望の帝都大学法学部に合格した。

高校の卒業式に来た両親は嬉し泣きしていたが、恒星はやはり来なかった。

「いつか、会えるかなあ」

マミが隣に来て、そう言った。彼女は女子大に進学が決まっていた。主語がなくても智宏にはわかった。

「会えるといいな」

恒星に。


誰にも言っていないことだったが、恒星がいなくなってから、智宏はヒートのときに彼のことを思い浮かべるようになっていた。

恒星の手の感触や、頭を撫でる感じ、それから劇をしたときのふれそうに近い息遣い、最後に抱きしめられた胸と腕の心地よさ。それらをついさっき起きたことのように肌が思い出すのだ。

また、ときおり彼は夢に出てきた。

砂漠や街中やジャングルなど、恒星は様々なところにいた。そして、智宏のことを考えていた。

なんで、こんな夢を見るのだろう。

恒星がアルファだから、その存在の欠落を自分は惜しんでいるのか。それともこれは純粋な友情のゆえなのか。もしくは強い願望か。いずれにしてもその夢想は甘美で、ヒートごとの智宏の密《ひそ》かな楽しみとなったのだった。

■東京　再会

智宏《ともひろ》が恒星《こうせい》と再会したのは、別れてから六年ののちのこととなった。

当時、智宏は駆け出しの弁護士で転職につまずいていた。

在学中に司法試験に合格した。成績はトップだったと聞いている。研修を終え、日本で四本の指に入る大手、白鳥《しらとり》法律事務所に入ることが決まったときには自分もほっとしたし、親もたいそう喜んでくれた。その時点で智宏は家を出た。だが、そこを一年で辞めさせられた。白鳥法律事務所は一年契約なので、更新がないということだが、事実上のクビだ。てっきり翌年度も更新されると思い込んでいた智宏は、なんの準備もしておらず、放り出されるように次の職場を探すことになった。

それが、決まらない。

確かに法律事務所を、たかだか一年で辞めてしまっているというのは、体裁が悪いことは認める。だからといって、好成績で司法試験を通過し研修でもトップ、白鳥法律事務所での仕事ぶりも悪くなかったと自負しているのに、あまりにも毎日空振りばかりが続いた。

そんなふうに考えることは避けていたし、言ってもしかたないのはわかっているけれど、どうしても考えてしまう。

自分が白鳥法律事務所を続投できなかったのも、次の仕事が決まらないのも、オメガであるゆえなんだ、と。

抑制剤を飲んでいてもフェロモンが漏れてしまう、はぐれオメガだ。客をたぶらかす存在。そんなものを事務所内に置きたくないのだ。

だがそれは、背が低いか高いか同様、智宏自身にはどうしようもないことだった。

努力なら、した。勉強をして、ヒートをずっと抑制して、正しくあろうとしてきた。

これ以上どうしていいのかわからない。

両親にはまだ、白鳥法律事務所を辞めさせられたことは言っていない。どんなにがっかりするだろう。その顔を想像するだけで胸が痛くなる。せめて次の職場が決まってから報告したい。

幸い、当面のあいだ暮らしていける金はある。じっくり考えよう。

せめておいしいものを食べようと、銀座の裏通りにあるカフェに入る。古いビルの一階の店だ。カウンター、そしてテーブルが三つの小さな店だが、外にはテラス席もあって、何人かがコーヒーを楽しんでいた。もうランチには遅い。店内には人がいなかった。智宏が隅のテーブル席に着くと、女店主がメニューを持ってきてくれた。覚えていてくれたのだろう。「ビーフシチュー？」と聞いてくれる。

「はい」

「最後のひとつよ。おめでとう」

「よかった」

「つけるのは、パンとコーヒーでいいのよね」

「お願いします」

席に座って、出てきたビーフシチューをつくづくと見る。大きめの肉とニンジンとジャガイモ、そしてタマネギ。ドミグラスソースがぐつぐつと音を立て、たらりと一筋、生クリームの帯がある。

「いただきます」

両手を合わせてから、肉にナイフを入れる。牛肉は繊維をほどきながら、離れていく。肉汁とドミグラスソースをたっぷりと含んだその一切れを口に入れる。

「うー」

おかしな声が出てしまう。女店主が笑う。

「そんなにおいしい？」

「おいしいです」

「それはよかったわ」

外のテラス席の女性が、この店自慢だというプリンを食べている。硬めでカラメルは焦がし気味、きっとおいしいだろうなあと眺める。それをめざとく見つけられて、女店主に「デザートは?」と聞かれて、智宏は反射的に首を振った。

「けっこうです」

「そう?」

嘘。ほんとうは好き。

でも、らしくないから。

なにらしくないのだろう。男らしくない……? 弁護士らしくない……?

シチューをほとんど食べ終わって、残ったソースをパンですくって味わっていると、男が一人、入ってきた。気安く、「コーヒーひとつ」と店主に話しかけている。

どこかで聞いた声だ。智宏はカウンター席に座った男をうかがう。

男もまた、智宏を見た。

ラフなシャツ、迷彩色のパンツ、ごついワークブーツ。

「あれー、智宏じゃん」

弓削《ゆげ》恒星が、そこにはいた。

「恒星」

「千春《ちはる》さん、俺のコーヒー、あっちにお願い」

「いいわよー。お友達だったのね」

「そう。すごい偶然」

ひょいと、まるで昨日もここで会ったというように、彼は立ち上がって智宏の前に座った。

「恒星。おまえ……」

どこにいたんだよ、なにしてたんだよ。六年。六年だぞ。俺は大学を卒業し、仕事先をクビになって。そのくらいの時間だ。

恒星はおとなっぽくなっていた。そして、少し、日に灼《や》けていた。

二度と顔を見ることがないかもと覚悟していた。ずっとおまえのことが心に引っかかっていた。

言いたかったが、言葉にならない。

「やー、ほんと久しぶり。なに、仕事の途中？」

彼の視線が自分の胸に来たのを感じた。小さなバッジがそこにはある。ヒマワリ、そして真ん中には天秤《てんびん》。弁護士バッジだった。

「ああ、まあ。いろいろあって、今は職探しの最中なんだ」

「職探し？」

出てきたコーヒーを飲みながら、恒星はこちらを見ている。

智宏はかいつまんで、今までのことを話す。

「へえ。智宏を手放すなんて、見る目ないな。むしろ、あれじゃない？　ねたまれたとか？」

「ないよ。ないない」

手を振って否定しながらも、事務所を辞めて以来、初めて気持ちが緩んだのを感じていた。

「だって俺の指導弁護士の人、大原《おおはら》さんって言うんだけど、すごいできる人なんだよ。大原さん、アルファなんだって」

「ふーん」

「でも、奥さんはベータだって言ってた。奥さんも弁護士。あのままいけると信じていたんだけどな」

厳しい事務所であるのは認めるが、白鳥法律事務所で二年目に進めなかったのは、自分だけだ。

「そっか。……智宏は、弁護士としてなにをしたい？」

「え」

うーんと考え込む。

最初は親のためだった。はぐれオメガの息子を抱えて苦労していた両親だって、智宏が弁護士になれば少しは自慢できるだろう。だから、打算といってもいい。

けれど、法律を学び、白鳥法律事務所で仕事をしていくうちに、社会には調整役が必要なのだと強く感じるようになった。

赤がいいと言い張る片方と青がいいと言い張るもう一方の話を聞き、「おとしどころ」を探っていくのだ。倒産でも離婚でも相続でも、それは変わらない。

「がんじがらめになって抜け出せない人に、一刻も早く日常に戻ってもらうため、歩み寄りを提案したい」

「じゃ、自分の事務所ひらいたら？」

「はあ？」

そんなこと、考えたこともなかった。

「そんなこと言っても俺、まだ二年目だし」

「即独《ソクドク》だっているくらいなんだ。大手で一年やってきた実績は、智宏の身になってるはずだ。おまえならできるさ」

即独とは弁護士資格を取ったらすぐに独立して、自分の事務所を持つ者のことだ。

「そしたら、俺んとこにも仕事をくれよな」

「仕事？」

恒星はにやっと笑った。

「俺、ここの七階で探偵事務所やってるんだ」

いったい、彼になにがあったのか。

このビルのレトロな雰囲気は好きだ。しかしそれは客としてカフェに通うからであって、ここに事務所を構えるとなると話は別だった。第一、ここは東銀座。表通りからは離れていて、昔ながらの古めかしいビルが建ち並んでいる。その中でももっとも古いのは、間違いなくこのビルだけれど。

「ちょっと寄ってく？」

智宏はうなずいた。


ビルの名前は「昴《すばる》ビルヂング」。

タイル張りのエントランス、すすけた壁、エレベーター上の階数表示は金の半円。最上階は七階だ。やってきたエレベーターは、二人が入ると肩がふれそうになった。

「智宏、柵《さく》を閉めて」

「柵？」

そう言う彼の手元を見ると、押しボタンだった。タッチパネルではない。本物の、丸いボタンを押すようになっている。

「ここのエレベーターは安全柵を閉めないと動かないの。ほら」

その声に誘われるように、智宏は黄色の安全柵を閉める。そうすると、外ドアが横向きに滑って閉じた。

エレベーターは上昇を始める。それと同時に智宏は確かに、新しい場所へと移動し始めたのだ。

七階に着いた。手動のエレベータードアをあけると、廊下に出る。左に進む。

コンクリート打ちっ放しの廊下に、さまざまな装飾をほどこしたドア。

「大家の方針で、ドアを付け替えたり、内装を変えるのは自由なんだ。土地柄、画廊とかアンティークショップが多い」

突き当たりに、銀色のドアがある。「スターライトディテクティブ」と光る文字の周囲を星が彩っている。なかなか派手かつふざけた看板だ。

恒星は鍵をあけて探偵事務所の中に入っていった。

「ここ、ほんとに探偵事務所なのか？」

「そうだけど？」

「アンティークショップみたいだ」

恒星が買い求めたらしい、様々な、よく言えばアンティーク、悪く言えばがらくたが、事務所内にはひしめいている。ある意味、この建物にふさわしいと言えた。

壁伝いに階段があり、上に通じている。

「そこの椅子《いす》に座っててくれよ」

古い四角いテーブルのひび割れを漆で埋めてある。ずいぶんと渋い趣味だ。椅子は革張りで補修のあとがあり、座っても平気なのかと危ぶんだが、座面が高くて足が届かないものの、座り心地は悪くなかった。

目の前に端の欠けた青いティーカップと皿が出される。皿の上には、モンブランが載っていた。しかも、ただのモンブランではない。

「これ、もしかして、カレイドの……?」

台はさくさくのタルトで底には甘すぎない生クリーム、スプーンで撫《な》でたような形に詰まっているマロンクリームはフランス産と丹波《たんば》の栗をブレンドしており、栗より栗の味が堪能《たんのう》できると評判のモンブランなのだ。

一日限定百個のこの菓子を、智宏は一度だけ白鳥法律事務所で食べたことがある。

「そうなのか？　知らないけど、もらった。余ってももったいないから食おうぜ」

「あ、うん」

むっちりした栗、ふわっとした生クリーム、さっくりしたタルト。

フォークで切り分け、口に入れると舌が喜んでいる。

「智宏。事務所ここにするってのはどうだ?」

「え。ここの探偵事務所に？　それはどうかな」

「違うって。この隣だよ。ちょうどあいてるんだ。大家に顔が利くからかなり値切れる。それに、この街のことには俺、けっこう詳しいぜ。弁護士先生は苦手な、少しばかり荒っぽいことも、うちのスターライトディテクティブならいけるしな」

「なにやってきたんだよ、なにを」

砂糖の入っていないミルクティーを飲みながら、おいしさの余韻に智宏はゆったりした気持ちになっていた。

「法律にふれることはしてない」

「それは、日本の法律なんだろうな」

一瞬、間があった。

「……おう」

「ほんとうだろうな」

「ほんとほんと」

「二回繰り返すのがあやしい」

紅茶を飲み終わってカップをソーサーに置く。

「……考えて、みてもいい」

恒星とまた組める。ひとりではなくなる。

「じゃ、隣、見てみるか。管理人さんから鍵を預かってるから」

言われて、内見することにする。隣は恒星の部屋とまるっきり同じ間取りだった。ただ、階段がない。

「俺の部屋は上を住居にしてるんだ。こちらは一部屋だけになる。トイレが共同で風呂なしだけど、事務所にするなら問題ないだろ？」

ここに弁護士事務所。あやしすぎるだろう。けれど、智宏はこう答えていた。

「……そうだな」

そのとき智宏は、たった一人、櫓《ろ》を漕いでいた夜の海で、寄り添う船を見つけた心地がした。その船に乗っているのは恒星で、彼はカンテラの灯《あか》りを掲げているのだった。


「開業祝い」だと、恒星はアンティークのアルルカンと踊り子の人形をくれた。

恒星は、フットワークが軽く、頼んだことはすぐにやってくれ、腕っ節も強く、顔が広く、忍耐強かった。ある程度法律にも通じており、話が早くて助かった。

恒星は六年の間に、どこに行ってなにをしていたんだろう。

梶原《かじわら》兄弟も曲垣《まがき》もそれは知らないようだ。

恒星自身に聞いても「あちこちでいろいろ」としか話してくれない。

裏の社会を見てきた曲垣に言わせると、あの度胸の据わり方ははんぱない、そうとう場数を踏んでいるだろうと言っていた。なんの場数なのかは、ちょっと恐ろしくて聞けなかったけれど。

■東京　昴ビルヂング

そして、現在。

智宏が医者に行った翌週のこと。

事務所で、今日はこれから白鳥法律事務所に行くと智宏が恒星に言ったら、珍しく渋い顔をされた。

「それ、智宏が行かなきゃだめなのか？　俺が行ってやろうか？」

今まで何度か、恒星に書類の受け渡しを頼んだことがある。受付嬢とも顔見知りだ。

「いいよ。今後のスケジュール調整をしないといけないし」

「大原に会うのか？」

「そりゃ会うよ。発注元は大原さんなんだから」

大原は恒星が白鳥法律事務所でお世話になっていた一年間、上についていた弁護士だ。面倒見がよく、仕事では厳しく、楽しい一年だった。智宏が事務所を出てからも大原はなにくれとなく面倒を見てくれ、仕事を回してくれる。

「恒星は大原さんのことを気に入らないみたいだけど、俺の事務所が軌道に乗るまでは助かったのは事実だ」

「今は必要ないだろ。それにあいつはアルファだ」

「それはそうだけど」

智宏は苦笑する。

「俺が白鳥法律事務所にいたあいだも、おかしなことは一切なかったし、だいいち大原さんは結婚していて子供がいる」

そうなのだ。大原はアルファであるのに、ベータの妻と子供を持っている。

「智宏。アルファは、ベータでは満足できない」

夫がアルファだとしても妻がベータなら、アルファは生まれない。アルファの子をはぐくむのはオメガの子宮だけだ。

恒星はじっとこちらの目を覗《のぞ》き込んでくる。その目は底のない深淵《しんえん》を含んでいる。最初に会ったときには、もっと軽く、子供じみていた。若いアルファらしく無邪気な自信にあふれていた。

今の恒星は違う。身を伏せている。手負いの獣のように慎重で、ときに近寄りがたい表情を見せる。この男になにがあって、今こうしているのだろう。

知りたい、と願う。

同時に知ったときにこの関係が終わることを恐れている。

「恒星は心配しすぎなんだよ」

智宏は冗談のつもりで続けた。

「なにかあったら、恒星を呼ぶから」

「ああ、必ずだぞ。そうしたら、わかるから」

恒星はやたら真剣な顔で返してきた。


白鳥法律事務所は、都心の駅直結のオフィスビルにある。

エントランスは全面ガラス張りで正面に大きな有名画家の抽象画が飾られていて、美しい受付嬢がにこやかにアポイントメントを訊《たず》ねてくるようなビルだ。

つい三年ほど前には自分もここに通っていた。けれど、当時の受付嬢は誰一人としていない。まるで萎《しお》れた花を捨てて次の花を生けるように、取り替えられている。

来客用の名札をつけて上にあがる。この大きなビルの三フロアが、白鳥法律事務所になっている。エレベーターからフロアに入ったとたんに、圧倒される。

窓からはここら一帯の街が眼下となり、自分が天上に住んでいる神々になったかのような錯覚に囚《とら》われる。いや、まさしくここは天上人の住まうところだ。

白鳥法律事務所が抱える弁護士は百名余。年収は初任給で一千万を超える。そのぶん業務は多忙などという生やさしい言葉では言い表せないくらいの密度だ。智宏が一番最初に勤めた弁護士事務所はここなのだが、そのあいだ、家には寝る以外に帰ったことがない。掃除もできなかったので、業者に頼んでやってもらっていた。

そして、ここは人の出入りが激しい。日本人だけではなく、アメリカ、フランス、イギリス、インド、中国、インドネシア……──世界各国から優秀な弁護士がこの事務所に入ってきて、そして辞めてゆく。

「ああ、宇田川《うだがわ》先生。よく来てくれたね」

フロアを入ったところで、久々に見る景色に圧倒され立ち尽くしていると、自分に与えられている個室から、大原が出てきて差し招いた。

大原はこの事務所に勤務して、確か今年で十五年目になる。アルファゆえに太いコネクションを持っていると聞いたことがあるのだが、それにしては眼鏡《めがね》に七三分けの髪、どちらかというと地味で、恒星と違って一見するとアルファにはとても見えない。

そんな彼ではあるが、実際は相当な実力の持ち主なのだろう。受付嬢同様、ここから見る限り、同じ顔ぶれはごくわずかだ。十人ほどいた自分の同期も、ほとんど見かけなくなっている。常に新陳代謝して、最も優秀であり続ける。それが白鳥法律事務所のブランド力を保つことになるというのが所長の白鳥のモットーだった。

「こっちこっち」

大原の部屋は変わっていた。より奥まったところ。ようは偉くなっていたのだ。

「大原先生、昇進されたんですね」

部屋の入り口に「財務担当統括弁護士」の文字を認めて、「おめでとうございます」と口にする。

「いやいや、そんな。長く居続けているだけですよ」

その長く居続けることが、ここではどれだけ難しいことか。

「宇田川先生。いつも仕事を任せてすまないね」

「いえ、助かっています」

そう口では言ったのだが、最初の頃ならいざ知らず、今となっては大原の持ち込んでくる、ほとんど書類書きの仕事は、智宏が直接依頼人から受けている仕事を圧迫することになっていた。

いいかげん切れよと恒星には言われていたし、自分もその方向に考えてはいるのだが、引き受けて当然という態度で頼んでくる大原に、いつも言い出し損ねてしまう。

「それにしても、残念だったよ。てっきり次の年も宇田川くんと同じ職場にいられると思ったんだけど」

彼の言葉に過去の傷をえぐられる気持ちがする。

「いえ」

「僕からも白鳥先生には進言したんだけどね」

「私に、この大事務所でやっていく実力がなかっただけですから」

これ以上、その話をするのはやめて欲しい。

「あれ？」

くん、と、大原が鼻をうごめかせた。クリアファイルを手にしているのだが、智宏のほうに身体《からだ》を寄せてくる。

「なんでしょう？」

「もしかしてヒート？　甘い匂《にお》いがしている」

制汗スプレーをしてくるべきだったか。

しまったと思えば思うほど、空調が完璧なこの部屋で、じっとりと汗をかいてしまう。

「ああ、ほら。今すごく濃くなってるよ」

そのとき、大原はぺろりと舌で唇を舐めた。

見間違いなのだろうか。今まで知っていた善人の顔の下から、蛇が獲物を見つけて嬉しげに長く細い舌をちらつかせる様子が見えたのは。

「あ、あの。じゃあ、ありがとうございます。これ、いただいていきます」

失礼とは思ったが、クリアファイルを彼の手からもぎ取るように受け取った。

「それで、申し訳ないんですけど、私、明日から三日のあいだ、連絡がつかなくなります。じゃあ、そういうことで」

急いで、その場をあとにする。

ビジネスバッグにクリアファイルを入れ、地下鉄に乗る。

なんだったのだろう、今のは。あの、優秀ではあるが影の薄い大原を、恐《こわ》いと思ってしまうなんて。これも自分が発情期を間近に控えているからなのだろうか。

車両でつり革に摑《つか》まる。そのときに前に座っていたパンツスーツの若い女性が、しきりとあたりを気にして、最後にはこちらを見つめてきた。急いでその場を離れて、次の駅で降りた。地上に出て歩き始める。すでに事務所のある昴ビルヂングに近かったのは幸いだった。

そうしてもなお、時折、こちらを見る人間がいる。

正直、智宏はヒートを甘く見ていた。たいしたことはないと考えていた。

成熟したオメガのフェロモンは、こんなにも強く人を惹きつける。その中を医者曰《いわ》く裸で歩くも同然の自分がいるのだとしたら。

日射しのせいだけでなく、暑くなり、上着を脱いだ。横を通っていったロードバイクの男が、振り返ってこちらを見る。智宏は汗をかくのもかまわず、急ぎ足で事務所に向かった。

昴ビルヂングの一階は、カフェになっている。そこから漂ってくるパエリアやミートソースの匂いが、智宏の胃をむかつかせる。昨日から食欲がない。

ヒートだ。

ヒートが始まりかけているのだ。

排泄《はいせつ》のための器官が、情交のためのそれに変化しようとしている。

「早く、自分の家に帰らないと」

だが、さっきのようにこちらを見られたら？　奇妙なものを見るように注視されたら？

それどころか、あの、九歳のときの発情のように、翻弄《ほんろう》されて泣き叫び、我を忘れることになったら？

夜までここにいるべきか。それとも早く移動したほうがいいのか。エレベーターに乗って七階まで行く。事務所に入って、ほっと息をついた。ここには泊まり込みのときに備えて着替えがある。

給湯器の湯でタオルを濡《ぬ》らし、シャツを脱いで身体をぬぐった。腋窩《えきか》をぬぐったときに、いつもは決してしない匂いがしていることに気がついた。

これは発情の匂いだ。九歳のときに、部屋の中に立ちこめた匂いだ。

「智宏ー、帰ってるのか？」

恒星が入ってきた。

半裸の智宏を見て、目を丸くしている。

恒星。

恒星からは、かぐわしい匂いがしていた。

その匂いは、智宏の皮膚から入り込んだ。その匂いは、身体の芯を揺さぶった。その匂いは、慕わしく、智宏の骨を疼《うず》かせた。

学園祭でロミオとジュリエットを演じたとき、舞踏会の場面でしばし陶酔したときと同様に、いや、あのときと比較にならないほどに強く、血がざわめいている。彼のほうに、まるで重力に引かれるように寄っていこうとしている。

「おう、帰ってたんだ」

「……ああ」

恒星は感じないのだろうか。自分のこの身体の匂いを。ここに来るまでの間、あんなに人を振り返らせた、伴侶のいないオメガのヒートの匂いを。

「どうしたんだよ。そんなかっこうで」

「汗をかいたんで、拭《ふ》いてて……――」

「そっか」

息を止めていたのだが、かえって深く吸い込んでしまった。

きゅうっと体内で脈打つものがある。

腹の内側。へその下あたり。そこにあるのは……――オメガの、子宮。

そこの皮膚が熱い。そっと覗いてみると、手のひらで隠れるほどの発情痕《こん》が、赤く浮かび上がっていた。

泣きたくなった。

自分は恒星に、親友になって久しい相手に、アルファであるだけで発情している。

「風邪引くなよ」

恒星はドアに向かう。

「今日はもう帰ったほうがいい。人さらいに遭わないように、タクシーで帰れよ」

そう言いおいて、出ていった。

ほうっと息を吐く。よかったと思う。同時に、なんだか恨みがましい気持ちにもなった。なだらかな腹を撫でる。確かにさっき、ここが反応した。この、子宮が。恒星というアルファを欲しがっていた。そのなによりの証拠に、智宏の後孔は濡れ始めていた。

もっと俺を見てくれ。この匂いに、気がついてくれ。こんなに誘いかけているのに。

自分の身体は、理性と裏腹にそう訴えかけている。

シャツを着てソファに座る。テーブル上のアンティーク人形のねじを巻く。離れ、近づき、離れ、近づき。決して口づけることのない彼らが、哀れでしかたなかった。

ノックの音に身を震わせる。

もしかして恒星が帰ってきたのだろうか。だが、「私ですけど」とおずおずと声が掛けられた。その声に覚えがあった。ほっとして身体の力が抜ける。

「辰之進《たつのしん》さん！」

急いでドアをあけにいく。

智宏はスラックスにシャツを出したまま着ている。依頼人相手であればとてもそんなかっこうでは出ないのだが、同じオメガMということもあって辰之進は気安い相手なのだった。

「すみません。今、身体を拭いていたので、こんなかっこうで」

そう言いながら迎え入れると、辰之進は首を振った。

「いえいえ。お気になさらず」

辰之進はオメガMだ。だが、ひとめ見てそうとわかる人間はおるまい。刑事という仕事にふさわしく、筋骨隆々たる体躯《たいく》。髪は短く、うしろはほとんど刈り上げている。身長は百九十、体重は八十キロは超えているだろう。そのほとんどが筋肉だ。肩には大きなキャンプ用のバッグをかけている。中にはショットガンでも入っていそうだと智宏は思った。

「お邪魔します」

そう言って、彼は部屋に入ってきた。

辰之進は、伴侶である流星《りゅうせい》との間に三人の子供がいる。みなアルファということは、辰之進が産んだのだ。

「智宏さん、ヒートが近いんですよね。久しぶりの本格的なヒートだと戸惑うことも多いだろうと思って、恒星さんのところに寄るついでの差し入れです。キッチンをお借りしますね」

そう言って、キャンプ用のバッグからいくつか袋を取り出して、仕切りの向こうに行った。

やがて彼は片手にカップを持って帰ってくる。

「ヒートの前に、胃が食べ物を受け付けなくなるオメガMは多いんですよ。ハーブティーをいれましたから。ビタミンたっぷりだし、気持ちが落ち着きますよ」

ふーふーと冷ましてから、深い赤の、その茶を口にした。

ああ、これは。いつかアジールで仁科がいれてくれた茶と同じ匂いがしている。

なつかしいその味は、智宏の荒れた胃と心をなだめてくれた。

「ありがとうございます」

「いいんです。不安ですよね」

そう言われて、こくりとうなずく。

「あの、立ち入ったことをお聞きしますが」

思い切って、智宏は聞いてみた。

「辰之進さんは、恒星のお姉さん、流星さんと出会ったとき、どう思われましたか」

辰之進はその質問に驚いたようだったが、L字ソファの対角に座ると、にこやかに返してきた。

「大嫌いでした」

「ええっ？」

辰之進は声をあげて笑う。

「いや、ほんとに。だって女のくせに偉そうだし、部下のことを駒《こま》としか思ってないし、可愛げのかけらもないし、めちゃくちゃ女性にもてるし、偉そうだし」

偉そうだし、二回言った。

「でも、俺のことを実力があるからと今のチームに引き抜いてくれたのは流星です。そういう意味ではとても感謝してます。とはいえ」

ははは、と彼は乾いた声で笑う。

「よりによってその流星が運命の相手で、まさかのオメガ変転しちゃって妊娠。自分が三回産休を取ることになっちゃって、チームには迷惑をかけどおしなんですけどね」

どうしても彼の腹に目を向けてしまう。

「見てみます？」

「いいんですか？」

「オメガで三回出産しているって言うと、みんな腹を見たがるんですよね。いいですよー」

彼はそう言うと、スーツを脱いでぺろんとシャツをめくってくれた。

「あ」

辰之進の腹は、みごとに六つに割れていた。傷跡はどこにも見えない。

「さわってもかまいませんよ」

そう言われたので、カップを置くと彼の顔を窺《うかが》いつつ、そっと撫でてみる。

「硬い……」

「産後もトレーニングしましたからね」

けれど、よく見ると、いくつか縦に線が入っていた。まるで色のないスイカのようだ。それをなぞると、腹が震える。指を引っ込めると、「すみません、くすぐったくて」、そう、辰之進に謝られた。

「これは、なんですか？」

「妊娠線ですよ」

「妊娠、線」

「えーっと、オメガMの出産については、習いましたよね？」

「……一応」

一応、というのは、アジールでのレクチャーをろくに聞いていなかったからだ。

「オメガF、元々ヒトの子宮のあるオメガの場合には、発情するともうひとつの子宮が発達します。オメガM、私たちのようにヒト性としては男の場合も同様に子宮が発達しますが、ヒートのときには直腸奥に子宮口ができ、肛門が性器になります」

「はい」

性教育を受けている気分で、うなずく。

「発情したしるしとして発情痕がお腹に現れ、ヒートが終われば消えます。ただし、妊娠した場合には発情痕はそのまま残って、肛門部への子宮口は閉じ、ヒートが来なくなります。出産間近になると、外陰部に出産孔ができます。オメガMは骨盤が小さいので、早産になる傾向があります」

「辰之進さんは？」

「俺がなんですって？」

「辰之進さんも早産でした？」

「ああ、俺は。頑丈なんでしょうね。三人とも、出産予定日過ぎるまでお腹にいましたよ。でも」

辰之進はいきなり手を伸ばしてきて、智宏の腰を両手で計った。

「智宏さんは細いから、たいへんかもしれませんね」

智宏は、くすぐったくて身をくねらす。

「いや、俺は、出産しませんから。次からは、ちゃんと抑制剤をもらえると思いますし」

「そうですか」

辰之進はなにも言わなかったが、その語尾が惜しんでいるように聞こえてしまう。自分の、気のせいかもしれないけれど。

「その。オメガである自分が、一生独身であるというのは、やはり、おかしなことなんでしょうか」

——もう二度と、ヒートになんてならないから！

幼い智宏は、ヒートが落ち着いたあとに、そう宣言したのだ。

今でもその気持ちは変わっていない。自分は、一生を独身で過ごす。

「どうでしょう。それは智宏さんが決めることだから、私ごときがとやかく言うことじゃないですから。だけど、ひとつ言えることは、本能には逆らえないんですよ」

辰之進は真剣な顔をしていた。

「流星にさわられたとき、けっこう我慢強いほうだと思っていた私の理性が、一瞬で吹き飛びましたからね」

智宏は辰之進が怒っていたり不機嫌だったりしているところを見たことがない。それほどにいつもフラットな感情の持ち主なのだ。しかし、その辰之進をして「吹き飛ぶ」と言わしめるほどのもの。

最初のヒートのときには入院していたが、今度はそういうわけにはいかない。

「もうこちらには出勤しないで、ヒートが終わるまでは部屋に閉じこもったほうがいいです。そのための食料を持ってきました。食欲がないと思いますけど、スープを飲むといいですよ。あと、このお肌さっぱりシート、風呂に入りたくないときでも、拭くと気持ちいいですから。それと、公共の乗り物はやめて、タクシーを使ったほうがいいですね」

「そんな、おおげさな」

「ちっともおおげさじゃないですよ。できることなら、流星さんに言って警察の車を出したいくらいです。ほんとに気をつけて下さいね。伴侶のいないオメガを狙《ねら》った人身売買グループがあるぐらいなんですから」

人身売買。はぐれオメガは高い値段がつく。そんな都市伝説がまことしやかにささやかれていた。

ブランドの牛肉のようなものか？　自分のことをそう笑いながら、手を挙げ、タクシーを拾う。後部座席に乗り込むと、月島《つきしま》の自宅の住所を告げて力を抜く。

智宏の膝《ひざ》の上にはビジネスバッグのほかに、革の小さな旅行鞄《かばん》が載っていた。事務所に置いておくのが忍びなくてアンティーク人形を持ち出したのだ。

車の振動に身を任せながら、さきほどの、恒星の顔を思い浮かべる。

風邪引くなよ、か。

情けない。

恒星にはどこかに相手がいるはずなのだ。彼にふさわしい相手が。

それなのに、恒星を求めている。オメガ性としてアルファの恒星を欲しがっている。

ひとときで終わる熱情。つかの間の情欲。

これをやり過ごせば。きっと元の気軽な関係に戻れる。

思いを馳《は》せていた智宏だったが、タクシーの窓の外を見て驚く。タクシーは湾岸にまで来ていた。

「あの、ここ、違います。俺が言ったのは、月島です」

「いいんですよ。これで」

「でも」

自分のマンションは、はるか背後になってしまった。

「お客さん、オメガでしょう。しかも、相手もいないのに、発情している」

「な……！」

「いいんですよ。そういうもんです。オメガってのは」

「今すぐ止めてください。ここで降ります」

そう言いながら、さすがに怒りを感じている。あとでタクシー会社にクレームを入れようと、連絡先を探すのだが、どこにもなかった。運転席を見る。バックミラーには、能面めいた男の顔が映っていた。

ぞくっと背中に悪寒が走った。智宏は携帯で助けを求めようとするが、電波が通じなかった。

「お客さん。無駄ですよ。通信回線は遮断するようになってます」

「降ろせ！」

この場合は許されるだろう。智宏は、信号待ちのときに運転手に殴りかかろうとした。しかし、あいだの間仕切りは、かっちりと組まれていて、信じられないほどに頑強で、叩いても、鞄をぶつけてもびくともしない。ドアも同様だった。蹴ろうが殴りつけようが、開く気配もなく、智宏の手が痛くなっただけだった。

「降ろしてくれ。トイレに行きたいんだ」

「いいですよ。そこでしちゃって下さい」

抑揚のない、そのくせ粘った声で言われる。

「そういう人はお客さんが初めてじゃない。ちゃんと掃除しておきますから」

智宏は慌ててシートの隅に寄る。

ここで何人が声を嗄《か》らして助けを求め、失禁したか。それを想像すると、タクシーの後部座席が、ひどくおぞましいものに思えてくる。

「お暇でしょうから、昔話でもしましょうか」

そう、タクシーの運転手は言った。

「私はね、こう見えてもアルファなんですよ。いや、正確にはだった、ですかね。事故で、生殖能力をなくしてしまいましてね。当時の私はなかなか羽振りがよかったもんですから、いい医者にも診せたし、外形は整えたんですよ。でも、生殖能力まではね」

そう言って、能面は息を吐いた。冷たい息だ。この車内を凍らせるほどに。

「私の妻はオメガでしてね。運命の相手でした。子供はまだでしたが、ヒートごとに、どんなに私を求めたか。こんなになっても、私たちは伴侶なんだから愛情は変わらないと誓ってくれました。可愛い女でしたよ」

でもね、と彼は言った。

「性器を失った私は、どうやら『匂い』も変わったらしいんです。彼女にとって私はもう伴侶ではなくなっていた。そうしてね、私の親友にあっけなく落ちたんですよ。いつのまにやらつがいになってました。彼もアルファでしたからね。いや、私は、妻を責めようっていうんじゃないんです。だってオメガなんですから。伴侶のいない、はぐれのオメガがアルファを求める。それは当然のことなんです。一生あなたのものだなんて言っても、オメガの本能でそうなってしまうんです。ヒートになったらアルファの子種を孕《はら》みたくなる。お客さんもそうでしょう?」

違う。

そう言いたいが、自信がない。

「生殖はできなくても、私にはオメガを知覚できる。それでね、商売を始めることにしたんです。自分の優秀な子供を産んで欲しいアルファがたくさんいらっしゃる。そしてはぐれオメガは種付けしてもらえる。その仲介をしているんです。マッチングですよ」

はぐれのオメガを狙った人さらいが出る。

都市伝説でもなんでもなく、自分がそれに引っかかった。

信じられない。

手が震えている。笑い出しそうだ。だが、これは紛れもない現実なのだと、車の振動が伝えていた。


窓から海が見えた。埋め立て地は橋で結ばれて、何回か越えた。

ゴルフ場とキャンプ場を過ぎ、さらに橋を渡ると、ゲートを抜け、工事中の貨物港になる。

造成途中で放り出されているらしく、道だけが立派で、赤茶けた盛り土には雑草がみすぼらしく生えている。タクシー運転手は、迷わずそこを突っ切っていく。

タクシーが止まる。夕暮れが迫っている。わびしい場所だった。

タクシー運転手は連絡のためだろう、車を降りた。そのときに、海の、磯《いそ》臭い匂いが流れ込んできた。

吐き気がした。

無力感が、智宏をさいなんでいた。

自分がはぐれオメガだと、淫乱《いんらん》な生き物なのだと、気を抜けば堕《お》ちていくのだと自覚したあのときから、必死に上を向いてきた。

だが、今、自分は、あっけなくこんなアクシデントですべてを失おうとしている。

なんだ、結局無駄なんじゃないか。

なにをしたってこのオメガ性の宿命からは逃れられないんじゃないか。

やがて暗くなった港に、一艘《いっそう》のボートが横付けされてきた。何人かが降りてくる。智宏は急いで携帯で自分の位置を記した。タクシーのドアがあけられる。その隙に送信しようとしたが、手から携帯がはたき落とされた。

「往生際の悪い人ですね」

タクシー運転手は恐ろしい力を持っていた。シートベルトにしがみつく智宏をはがすと、引きずっていく。

「いやだ！　離せ！」

「なに言ってるんですか。そのうちに慣れますよ。いや、まったくこのうえない暮らしといってもいい。何人ものアルファのペニスを味わえるんですよ。太いの、長いの、たくさん出してもらえるんです。ほら、嬉しいでしょう」

作業着を着た男たちが、前からやってくる。あのボートに乗せられたら。そうしたら、もう、アウトだ。智宏は必死に地面に靴のかかとを立てる。能面のタクシー運転手が舌打ちする。

「こいつは使いたくなかったんですけどね」

智宏をがっちりと脇に抱え込んだまま、運転手はアンプルを懐から出した。

「おとなしくなってもらうためにはしかたない」

睡眠薬か。麻薬か。それとも発情促進剤のたぐいか。

なんにしても、それを打たれたらアウトだ。

「恒星、恒星！」

「ほう」

運転手がおもしろそうに智宏の顔を覗き込んできた。

「切ないですね。片想いのお相手がいらっしゃるわけだ。でもすぐに忘れますよ。これから行く、天国で」

天国なんて行きたくない。そこがたとえ、どんな場所であろうとも。

今すぐ帰りたい。あの古ぼけたビル、手動のエレベーター、恒星の隣に。

高いところから、聞き慣れたエンジン音がした。次の瞬間、男の身体が吹き飛んだ。

風に、匂いが混じった。

それが誰かを知る前に、自分の身体が叫んでいた。

——恒星！

恒星が、スクーターで体当たりをかましたのだ。

「乗れ！」

手を伸ばしてくる。

どうしてとか、思う暇はなかった、乱暴に引っ張り上げられ、リアシートで彼にしがみつく。こんなときなのに、腹の下側、子宮が彼に会えて嬉しいと歓喜の声をあげている。そこから全身に喜びを振りまいている。そんな場合じゃないのに。

恒星はスクーターを発進させた。

造成途中の港は巨大な迷路のようになっている。行けるかと思うと行き止まり、過ぎるかと思うと戻っていく。

前方がまだ造成中で、道が途絶えた。サイドミラーが砕けて、背後を見ると、タクシーで道を塞がれていた。恒星は慎重にスクーターをターンさせる。

「いらっしゃい」

そう、タクシーの男は言った。正面から見ても制帽をかぶった下はのっぺりしていて表情がなく、能面にしか見えない。

人の顔ではない。すべての感情をなくしている。

彼は片手に小型の銃を構えていた。それがスクーターのミラーを破壊したのだ。

「ね、私は腕がいいんですよ。こんな小さなサイレンサーつきの銃ですけど、この距離なら外しません。そこのオメガ、こっちに来なさい。次には、そのアルファの胸を撃ち抜きます。心臓の、真ん中を」

智宏には見えた。

あの、おもちゃのような銃から発射される銃弾が、恒星の胸を撃つ。

血を噴き出し、倒れるさままで。

「わかった」

深呼吸をする。

タクシー運転手が恒星のことを放っておくとは思えない。だが、このとき撃ち抜かれるよりは、格段に生存率が上がるはずだ。スクーターから降りようとした智宏の腕を、恒星が摑んだ。

「行くな」

それは懇願でも命令でさえなく、呪縛《じゅばく》だった。呪文のように、智宏の足をその場に釘付けにした。

「行くな、智宏」

恒星はまっすぐに相手を見据えていた。

「そのままでいろ」

恒星はシートにまたがったまま、リアの智宏をかばう。タクシー運転手はいらついているようだった。

「ぐちゃぐちゃとうるさいアルファですね。決断力がない。愚図は嫌いなんです。昔からね」

タクシー運転手が再び、銃を構える。

「智宏、目を閉じろ」

恒星の声が聞こえ、ぐっと背に引き寄せられた。直後に爆音がとどろき、周囲が一気に明るくなったのが、こうしていてもわかる。

「走れ、智宏！」

スクーターを降りる。手を引かれて走り出すが、足がもつれた。

よし、と言う声が聞こえたかと思うと、軽々と恒星の肩に担ぎ上げられる。彼は造成のために盛られた土によじ登る。

智宏は恒星の背を叩いた。

「俺のことなんて置いて逃げろ。つきあうことなんてない」

恒星は優秀だ。未来がある。

相手もいないのに発情した自分。将来の見えない、これからいいことがあるなんて思えない自分なんて、恒星に比べれば塵芥《ちりあくた》のようなものだ。

「ばかっ！」

乱暴に言われて、驚く。恒星は一度だって自分に向かって言葉を荒らげたことはなかった。いつもひょうひょうとしていて、ほどよい距離を保ちながら温かい言葉を渡してくれた。

「俺にはわかる。おまえは俺の運命の相手だ。伴侶を、死んでもこんなやつに渡せるか」

「伴侶……」

つがいと思ったことはない、そう恒星は断言した。それはそういう意味だったのか。

伴侶だと。そう言ったのか。

そう信じられるなら。自分が恒星の伴侶なのだと思い込むことができるなら。どんなにかいいだろう。

でも、違う。

自分が発情したのは恒星のためじゃない。あのタクシー運転手の元妻が、ほかの相手に変えたように、アルファにたやすくなびく身体の持ち主なのだ。それは自分でもどうしようもないことだ。

恒星は斜面をすべり落ちている。そこではボートから降りてきた男たちが、先回りをしていた。銃は持っていないようだが、向こうは五人、こちらは二人だ。恒星は智宏を下ろすと、高い位置からジャンプした。

迷うことなく、一人の男の顔を狙う。

恒星が道に着地したときには、相手は仰向《あおむ》けに倒れて後頭部を打っていた。恒星はその顔面を容赦なくワークブーツで踏む。智宏のところまで、堅いものが潰《つぶ》れる音が聞こえてきた。鼻が折れたのだろう。

ほかの男がひるんでいる隙に、ナイフを構えた男の脇腹に恒星の回し蹴りが決まった。ウイークポイントである脾臓《ひぞう》に足の甲がヒットしたので、息もできない痛みになったろう。男はうずくまる。恒星はまるで野生の獣だった。

次の相手に向かおうとした恒星が身をそらせた。彼の右頬《みぎほお》から血が流れている。

「恒星！」

タクシー運転手が角に立っていた。銃を構えながら間合いを詰めていく。

「次は外しませんよ」

彼が引き金に掛けた指に力を込めるのが見えた。そのとき、サイレンの音が響き渡った。

いきなり照明が焚《た》かれる。

海からも船が来ていた。

『警察だ。誘拐と人身売買の現行犯で逮捕する。武器を捨てろ。捨てない場合は、抵抗と見なす。繰り返す、武器を捨てない場合は抵抗と見なす』

へなへなと智宏の身体から力が抜け、盛り土にうずくまった。

出動してきたのは、恒星の姉の流星の率いる特殊警備部、通称「弓削隊」だった。

智宏は事情聴取を受けたあと、廊下に出る。

廊下では曲垣と梶原兄弟が立っていた。

「あ……」

「怪我《けが》がないようでよかったです」

曲垣が言った。

「あの照明弾は、曲垣さんたちだったんですね」

「ええ。今日、打ち合わせのために昴ビルヂングまで来たんです。ちょうど、智宏さんがタクシーに乗るのが見えたんですけど、窓にスモーク加工がされてて、おや？　と思いましてね。ナンバーを控えておいたんです。それを恒星さんに言ったら、急いで検索してくれました。そしたら、なんと存在しない番号じゃないですか。それで、恒星さんが流星さんに頼んで、Nシステムにかけてもらったんです」

Nシステムとは、自動車ナンバー読み取り装置のことだ。都内には千五百台以上が設置されている。警察はそれでここを割り出したのだ。

「警察が来るまで待っていたら間に合わないかもしれないってんで、慌ててあそこまで行ったんです。近づくとエンジン音でわかっちゃうので、恒星さんだけ最後はスクーター押していって」

あの人、まっすぐに目指していったんですよねえ。

そう、曲垣は言った。

「智宏のいるところはわかるんだって、一直線でした」

「そっか……」

近くのドアが開いて、恒星が姿を現した。

「智宏」

「恒星、ほっぺたは大丈夫なのか」

指を差す。彼の頬には被覆材が貼られていた。

「平気だよ。家まで送ってくよ。話があるんだ」

「ちょうどよかった。俺もだ」


どうして、わからなかったのだろう。いや、わからないふりをしていたのだ。

恒星が、あまりにも心地よい日々を提供してくれたから。彼のそばにいるのが、軽口を叩きながら仕事をするのが、あまりに楽しかったから。

恒星は、細心の注意を払って、自分を扱ってくれていたのだ。

今なら、わかる。わかりすぎるほどに。


深夜の道を、梶原兄弟が女性を逃がすときに使った車で走っている。

命の危険にさらされていたときには感じなかった官能が、再び智宏をおとない始めていた。

早く話してしまおう。自分がこの欲望の、虜《とりこ》になってしまう前に。

「恒星」

運転席の恒星は返事をしなかった。

「二年前、一階のカフェに入ってきたのは、偶然じゃないだろう?」

観念したように恒星は答える。

「……ああ。白鳥法律事務所を辞めさせられたのも、就職先がなかなか決まらないことも知っていた。あの日はおまえをつけてて、頃合いを見計らって店に入った。あれは俺の持ちビルだ」

「恒星」

静かに、智宏は彼に聞いた。

「いつから、俺のこと、伴侶だと思ってた?」

「最初に壇の上から新入生の智宏を見たときから、気になってた。でも、確信したのはあのテニスの試合のときだ」

「一度も、言わなかった」

「言ったら、最後だと知っていたからだ」

月島に着いた。智宏のマンションの前で、恒星の手が伸びてきて、耳にふれた。つっとかがみ込み、唇を重ねようとする。それを彼の肩に手を当てて拒む。

「智宏」

彼は、あのときみたいな顔をしていた。出奔する前、公園で会ったときのように、どこかがひどく痛むみたいな表情をしている。

「智宏は俺のことが嫌いなのか？」

「そんなわけないだろ。恒星といると楽しいって、生きててよかったって思えるって、そう、俺は言ったじゃないか」

「じゃあ、どうしてだよ。どこに問題があるんだよ。金か？　これでもけっこう持ってるんだ。智宏が欲しいんなら、いくらでも稼ぐよ」

「違うよ。恒星は悪くない」

わからないのか、恒星。

「俺は、九歳のときにヒートになったんだ。俺はおまえの伴侶じゃない」

恒星は殴られたような顔をした。そうだ。自分は、言葉で彼を叩き続けている。

「ねえ、恒星」

智宏は彼に訴える。

「俺が恒星と付き合い始める。そしたらきっと子供を作りたくなるよね。知ってるだろ」

強い、強い本能。逆らうことのできない。

「つがいのオメガは、子供を産んだら次の相手を探すんだ」

「俺が、そんなことにはさせない」

「恒星。わかってくれよ。恒星のことが、だいじなんだよ」

そこには、仁科《にしな》の「友人」のように、誰もが不幸になる結末しか見えない。

この関係を大切に思えばこそ、単なる情欲に流されてはならない。

「俺、あそこの事務所を引き払うよ。これ以上、おまえに甘えられない」

恒星は吠《ほ》えた。

「いいじゃねえかよ。甘えろよ。思う存分、俺を、弓削恒星を利用しろよ。ほら、前の生徒会長もおまえにかしずく俺が一番らしいって言ってたじゃないかよ。俺がそれでいいって言ってるんだから。そうしてくれよ」

「俺はアジールに行くよ」

そうして、一生出てこない。今度こそ、心静かに暮らすのだ。

「智宏。ここにいろよ。俺と、ここに」

「どこにいても、恒星が元気で、幸せでいることを祈ってる」

知ってしまったからには、戻れない。恒星にすまないと感じながら、親友ではいられない。

「俺の幸せはおまえだろ。どうしてそんなに、頑固なんだよ！」

恒星がハンドルを叩く。クラクションが響いた。

「ごめん」

「謝るなよ」

「ごめん」

謝るなと言われたのに、出てくる言葉はひたすらに謝罪だけだ。

「じゃあ、俺、行くね」

歩道に降りた。ひとことを残す。

「さよなら、恒星」

恒星から遠ざかる。マンションのエントランスから中に入る。

全身が言っている。

どうして遠ざかるのだと。もっと近くに行きたい。混じりたい。溶け合いたい。注ぎ込まれ、孕みたい。その訴えを押し込めて、智宏は自分の部屋に帰っていった。


事務所から持ってきたアンティークのアルルカンと踊り子が、枕元からベッドに横たわる智宏を見つめていた。

智宏には本格的なヒートが訪れていた。それは熱病のように智宏を侵していく。

恒星。

恒星が恋しかった。

もとよりヒートのときには恒星のことをよく考える。きっと彼が親しい唯一のアルファだからなのだろう。けれど、今回はまた格別に鮮やかだった。

じっとこちらを見るあの黒い目や、暑い季節にはくるくるになる髪や、ふっと一息入れたくなったときにいれてくれたコーヒーや、ときおり甘いものを食べに連れて行ってくれたこと、あのスクーターの座り心地の悪いリアシートや、オープンカーの夏の日射しでさえ、すべてが懐かしかった。

彼の匂いや、かつて一度だけ、抱きしめられたときの感触が、なまなましく何度も何度もよみがえる。

自宅マンションのベッドルームで、ただひたすらにときが過ぎるのを待つ。

身体が疼いている。このままベッドルームから出て、部屋の外に出て、誰かを求めたい。あの、アジールのミーティングルームでみなが絡み合っていたみたいにこの疼きをおさめたい。どこかのアジールに行かなくてよかったと心から思う。そうしたら、類《るい》のように、もしくはカナコのように、互いを慰め合うオメガの群れに入ってしまったことだろう。

今夜が満月だ。これを越せば楽になる。

携帯の着信音が鳴った。誰からだろうと寝返りして見てみると、辰之進からだった。

「あ、なに？」

いつもの智宏に似合わず、掠《かす》れた声が出る。

『お見舞い……――っていうのも変ですけど、大丈夫ですか？　自分の匂いに酔いますから、汗を拭いたほうがいいですよ』

起き上がるのがつらい。

「わかりました。できるだけそうします」

これっきりだ。医者がなんと言おうと、子宮がどうなろうと、これからは抑制剤を飲み続ける。再びヒートにはならない。医者が抑制剤の処方をためらうぐらいなら、海外に行ってこのオメガの子宮を、取ってしまおう。傷跡は残るだろうが、こんな状態を三ヶ月ごとに繰り返すよりはましだ。

『こんなときに申し訳ないんですが、私、智宏さんにお願いがあるんです』

「なんですか……？」

はっとする。

「恒星のことだったら、もう」

『あー、違うんです。いや、そうかな。違うかな』

いったい、どっちなのだろう。

『あの、うちの流星さんに会ってやって下さい。ネットのビデオ電話でいいですから。あ、もちろん、寝たままでいいです』

そうまで言われてはしかたない。しぶしぶ承諾すると、ベッドに起き上がり、携帯端末をセットする。ピッと接続音がしたかと思うと、そこにはいつぞやのジュリエット姿の恒星にそっくりな女性が映っていた。髪を茶色くして、さらに目をうんときつくしたら、そう、こうなる。

『弓削流星だ。いつも辰之進と恒星が世話になっている。二人とも宇田川さんの話をするので、そういう気はしないのだが、初めまして、だな』

「……はい」

『危ない目に遭わせてすまなかった。オメガを狙った誘拐と人身売買が続いていて、こちらもどうしてこうもあっさりとさらわれるのか、疑問に思ってはいたのだ。タクシーとは盲点だった。通常は窓をあけてヒートのオメガを探す。そして見つけたら、その周辺を流す。発情したオメガは公共機関は危険だからとタクシーに乗る。そのまま連れ去られる……──』

彼女はそのことを言いたいだけなのだろうか。違うだろう。きっと、あの話がくる。

やはり。

『手短にするが、うちの恒星の伴侶になる気はないのか』

「俺は、伴侶じゃないんです」

『でも、アルファは運命の相手を間違えないんだ。つがいへの欲望とは、それはまったく違った情動だ。全身が、毛穴のひとつひとつまで、求めてやまないんだ。こいつを自分のものにしたい。誰にも渡したくない。子を孕ませたい、それだけに支配される』

彼女の目は、その当時のことを思い出したかのようにぎらぎらと輝いていた。犯罪者だ。犯罪者の目つきだ。辰之進はさぞかしたじろいだことだろう。いや、ヒートになっていたなら、一発で参ったかもしれない。

『宇田川さんは、「オオカミ王ロボ」の話を知っているだろうか』

「シートン動物記のですか？」

『そうだ』

記憶を辿《たど》ってみる。

「子供のときに読んだことがあります。野生のオオカミの話ですよね」

『ああ。群れのボスであるロボはそれはそれは賢く、勇敢で、牧場主やハンターたちを悩ませる。どんな罠《わな》も見抜いてしまう。しかし、伴侶である雌《めす》オオカミ、ブランカが捕らえられ死んだあとには、生きる力を失い、彼もまた捕らえられてしまうんだ。運命の相手たるアルファとオメガの関係とは、そのようなものだ。オメガはアルファの生きる力、幸福、愛、未来、そのすべてだ。なしには生きていけない』

どんなものなのだろう。

これだけの人間の中、確かにこの人だけと選び、選ばれるのは。

どんな心地がするのだろう。自分には、一生味わえないものだけれど。

『恒星がおまえを伴侶だというのだから、私はそれを信じる。おまえも、自分を信じることはできなくても、恒星を信じることはできないのか』

智宏は首を振った
「だって、九歳のときですよ」

あのとき、医者が見せた表情を覚えている。この淫乱、そういう目をしていた。

『ふむ。それで、考えたのだが、おまえ、恒星と会っているのではないか。その、発情を迎えたときに、だ』

「……いえ」

くすっと笑う。

「九歳の子を発情させるのだから、よっぽど近くにいたことになりますよね。あれほど印象が強い恒星を、わからないわけがないです。それに、流星さんの言うとおりなら、恒星のほうもそのときに俺のことがわかったはずです」

『……そうか』

はあ、と彼女はため息をついた。

『うーん。恒星が落ち込んでいるんだ。うっとうしくてしかたない』

その物言いに思わず少し顔が緩んでしまった。

「ひどいな」

『まあ、とにかく、ヒートが終わったら考えよう。周辺には気をつけろよ。つがいのいないアルファは特に危ない』

「はい」

話し終わると、携帯端末をオフにして、枕元に置いた。

ゆっくりとベッドに横たわる。

仁科に携帯から連絡を入れた。仁科からは、今、自分はアジール・ヴィオレにいないけれど、いずれかのアジールに入れるように口添えすることはできると返信があった。

それから、短く、弓削恒星くんによろしく、と追伸があった。

「恒星……？」

なんで仁科が恒星の名前を知っているのだろうか。自分は彼のことを話したことがあっただろうか。いや、薄情なようだが、アジールを出てから年賀状以外で仁科に連絡を取ったのは、これが初めてだ。

恒星は、きっとアジール・ヴィオレに行ってみたのだ。そこで仁科に会ったか、連絡先を交換したか。

「恒星……」

どうしておまえはそんなに俺のことが好きなんだ？

九歳のヒートのときに、恒星に会っている？

いや、そんなことはない。

あの日は、いたって普通の日だった。学校で宿題が出て、ランドセルをしょっていた。作文コンクールで佳作をもらった智宏はご機嫌で、帰ったら親に賞状を見せようと思いつつ、達也《たつや》とゲームの話をしながら帰った。

――ちょっと待て。

ヒートの混乱でうやむやになっている記憶を必死に引きずり出す。

なんで、ゲームの話になったんだっけ？

智宏は決してゲーム好きな子供ではなかった。言わばおつきあい程度だったはずだ。そう、あのとき、その話になったのは……――

エントランスからの呼び出しがかかった。

「恒星？」

どうしよう。彼が来たのだったら。いや、帰ってもらわないといけない。そうしないと自分の理性が持たない。

ベッドから出ると、応答する。

「……はい」

『お休みのところ、申し訳ない』

身体の力が抜けた。

「大原さん……？」

『宇田川先生に渡した書類、こちらで必要になってね。引き取りに行ってもいいかな』

しっかりしろ。しっかり考えろ。

大原がここに来る意味がわからない。書類を取りに？

「それ、今週末ではいけないんですか」

『依頼人さんをお待たせすると、一日数百万の損害になる』

そんな案件が来ていただろうか。

アルファには気をつけないといけない。特にひとりもののアルファには。

だけど、大原は結婚していて、すでに子供もいる。

ベータの妻。それはつがいではない。

いくつもの言葉が智宏の脳裏で渦を巻いた。

『まさか、きみになにかするとか考えてるの？　自意識過剰でしょう。それほど飢えていないよ』

そこまで言われると、入れない自分のほうが狭量な気がしてくる。

「あの、うちの部屋、ベッドルームに鍵がかかるんです。念のため、俺はそこの中にいて、ダイニングのテーブルの上の書類を持って行ってもらうんでいいですか」

『もちろんだよ』

エントランスと、ドアの鍵を解除する。ダイニングに書類を置き、ベッドルームに戻り、鍵をかけた。

人が入ってくる気配。

「じゃあ、もらっていくから」

大原に声をかけられる。彼が去って行く足音。ドアが閉まる。ベッドルームのドアに耳をつけ、人の気配がないことを確認した。念のため、携帯電話を手にする。

ドアをあけた。

テーブルの上から、書類はなくなっていた。ほっと息をつく。

まあ、それはそうだ。大原とは白鳥法律事務所に入ってからのつきあいだったけれど、一度として手を握られたことさえない。

ベッドに戻ろうとしたときに、匂いに気がついた。いる。アルファが。

だがそれは、予想に反して智宏の劣情を誘うものではなかった。智宏がその匂いに対して感じたのは、激しい嫌悪だけだった。

ベッドルームのドアに走り寄る。あける。閉めて鍵をかけようとしたときに、書棚の陰に隠れていた大原が体当たりしてきた。智宏を押すように、中に入ってくる。

「大原さん！　出て行って下さい。そうしたら、忘れてあげます」

そして決してもう、彼の仕事は受けない。顔を見ない。

智宏は不快な匂いに吐く寸前だった。

我慢できない。

肉が腐り異臭を放っているような、生理的に嫌悪を感じる体臭だった。

「そんなつれないことを言うなよ」

大原が近寄ってくる。

「発情して、苦しいんだろう？　かわいそうにね」

そう言って、彼に首筋を撫でられたときに、ぞわりと身体じゅうの毛が、逆立った。

どのアルファでもいいのかと思っていたのに、まったくそんなことはなく、むしろ全身が拒んでいる。これは違う。これは自分の相手ではない。

「やめて、下さい」

声が震えたのは、怒りが抑えられないからだ。おまえのためにあるんじゃない。この身体、自分という存在、この発情は、おまえのためにあるんじゃない。

「なに、可愛いね。震えてる」

大原は智宏を抱き寄せ、そのままベッドに倒れ込んだ。その手が智宏のパジャマの裾《すそ》から入ってくる。

「大原さんは、奥さんと子供さんがいるでしょう」

家族の写真は、彼の仕事部屋に飾ってあった。きれいな女性と、可愛らしい男の子。

「だけど、しょせんはベータだ。貴重なアルファの子供じゃない。きみの匂いをかいでわかった。私はアルファの子供が欲しい。優秀な、私の資質を受け継いだ、真の子供だ。きみもこうされて嬉しいだろう？　ほら、きみの匂いが誘っている」

智宏の腹の発情痕を、彼は撫でた。

穢《けが》らわしい。

そのときに感じた怒りは、強すぎて、爆発したかのようだった。手を伸ばすと手に当たったアンティーク人形を、なんのためらいもなく、大原の頭に打ち付けた。大原は、うめき、ベッドから落ち、ころげまわる。

智宏は彼を、虫けらを見る目で確認すると、ベッドを降りた。恒星に教わったことを思い出す。

まずは相手を拘束することだ。素人《しろうと》が縄に頼るのはよくない。きちっと縛ったように見えても、隙間ができて抜けられてしまう。一番いいのは布のガムテープだ。

戸棚でガムテープを発見すると、客用スリッパを履いてベッドルームに戻る。

大原はまだうめいていた。

体格差があるので抵抗されるとまずい。彼の口にガムテープを貼ると、まずはスリッパの足で大原の鼻を踏んだ。眼鏡が壊れたが、気にしないことにした。

次には身体をひっくり返し、両手をくくる。続いて足首を。それから、落ち着いて彼の身体全体を、ガムテープが続く限り、ぐるぐる巻きにした。

終わったときには、疲れ果てていた。手を洗い、汚いものを踏んだスリッパはコンビニの空き袋で三重に包んでゴミ袋に入れた。

それから、曲垣に電話をする。

曲垣を呼ぶときにはいつも恒星を通していた。言わば、孫請けのような立場なので、突然智宏から電話を受けて大いに戸惑っているようだった。

「いきなりすまない。忙しいかな？」

『いえ。ちょうど帰ってきたところですけど、なにかあったんですか？』

「もし酒を飲んでるんだったら……」

『いえいえ、プルトップに指はかけてますけどね』

「でっかい害虫が出た。こいつの巣に送り返して欲しい。俺はさわりたくない。見たくもない」

『はあ、なるほど』

「一応、病院に寄ったほうがいいかもしれない。頭を打っている」

『智宏さんの匂いに酔うとまずいので、梶原たちと遮断薬飲んでからうかがいます。三十分、待ってください』

「よろしく」

パジャマのポケットに入れていたＩＣレコーダーのスイッチを止める。いざというときには、役に立ってくれるだろう。

それにしても、今のあれはなんだったのだろう。ヒートのときにはアルファだったら誰でもいいんじゃないのか。恒星に対して感じていたあの欲望は、なんだったというのだ。

「いや……」

そもそも、抑制剤が増え始めたのは恒星と再会してからだ。そして今まで欲しいと思ったアルファも恒星だけだ。

そう。流星に言われるまでもなく、九歳のときに恒星と会っているのであれば、すべての辻褄《つじつま》はあうのだ。

どこかで恒星と会っていなかったか。

知らず、運命の相手によってオメガ変転していた、藤本類《ふじもと》のように。

大原が来る前に考えていたことを、もう一度、智宏は辿り直す。

ヒートになった日にゲームの話になったのは、きっかけがあったからだ。道に、キーホルダーが落ちていた。狐《きつね》がふさふさしたしっぽと前髪を逆立てていた。当時はやっていたゲームのキャラクターで、裏には名前らしきものがあった。金色のそのキーホルダーは持つとずっしり重かった。

達也が、それはその年のゲームチャンピオンに与えられる、特別なキーホルダーではないかと言い出した。だから智宏は、親に話して持ち主を探してもらおうと、持って帰った。けれど、その夜にヒートが来て、キーホルダーのことは頭から吹き飛んでしまっていた。

「あれさえあれば」

あんな昔のことだ。とっくに処分されているだろう。

「いや、待てよ」

智宏はウォークインクローゼットの中、段ボールを探した。母親がまめにとっておいてくれた小さい頃の絵やら卒業アルバムが入っている段ボールだ。その中に、覚えのある丸筒を見つける。あのとき手にしていた作文コンクール佳作の賞状入れだ。

そんな大切なキーホルダーなら、なくしたらおおごとだと考えた智宏は、この丸筒の中に入れたのだ。筒のふたをあけて逆さに振った。

キーホルダーが、十七年のときを経て、床に落ちてきた。

智宏は裏を見る。そこには「KOUSEI YUGE」と彫ってあった。

まばたきする。もう一度見る。

KOUSEI YUGE。弓削恒星。

ストラップを持つ指が細かく震えていた。

「ああ」

智宏は声をあげた。

「ああ！」

ベッドルームに転がされている大原がぎょっとしようがかまうことはなかった。

そういうことか。

恒星がどこかでこれを落とした。自分が拾った。運命の相手の匂いに、ヒートが起こって、それから……――

なんてことだろう。ちゃんと、自分は知っていた。見分けていた。恋や愛がなんたるかを知るまえに、本能は、確実に相手をかぎ分けて、欲しがっていた。

恒星。

恒星だけだ。

俺が発情するのは、恒星だけになんだ。

曲垣と梶原兄弟が家に来たとき、智宏はすでにシャワーを浴びて、出かける支度を調えていた。梶原の片方がしきりと鼻を動かして「せっかくなのに匂いがしない」と嘆いていた。オメガフェロモンの遮断薬はてきめんの効き目があるらしい。

録音していたICレコーダーの内容を聞かせると、三人はなにがあったかを即座に飲み込んでくれた。恒星がひいきにしているだけあって有能な三人だった。

「一応、証拠として映像を撮っておきますね」

曲垣たちはぬかりない。

大原の住所を知らなかったので、梶原兄弟に白鳥法律事務所のまえで降ろすように伝えた。あそこの法律事務所の人間は必ず近くに住んでいるはずだ。

そして曲垣には、「悪いけど、うちの事務所までのっけていってくれないかな」とお願いする。

「こんなときに仕事ですか」

曲垣は智宏を見た。

「正確にはスターライトディテクティブまで。恒星に忘れ物を届けないといけないんだ」

「その忘れ物ってのは、よっぽど大切なものなんですね」

「うん」

あのキーホルダーは羅針盤のようにこの手の中にある。


曲垣の車を降りると、智宏は昴ビルヂングを目指す。クロップドパンツに白いコットンシャツ、下はサンダル履きだ。

エレベーターに乗ると黄色の安全柵を閉め、「7」のボタンを押し込む。しばらく待つと外ドアが閉まり、エレベーターは浮上し始める。

手動のエレベータードアをあけると廊下に出た。事務所が多いこのビルの中は、夜中過ぎればひとけはなくなる。

「スターライトディテクティブ」の銀に光る文字と、星が彩るドアの前に立つ。

チャイムを鳴らす。

返事はない。

ノブを回すと、ドアはするりとあいた。

「恒星？」

声を掛ける。智宏の身長ほどもある時計が、リズミカルに時間《とき》を刻んでいた。いないのだろうかと危ぶんだが、匂いがしている。それはこの階段をあがったところ。一度も足を踏み入れたことのない、恒星の私室から漂っている。

「勝手にあがるぞ」

キッチンの奥から、二階に続いている階段を、智宏はのぼっていった。

ぽっかりと、部屋に出た。

想像と違っていた。

屋根裏部屋のような薄暗い空間を予想していたのだが、その部屋は屋上の中に建っている。ペントハウスになっていて、ビル上にある一軒家のようだった。

「こうなっていたのか」

二面が全部ガラス張りになっているため、ぽんと野中に建っているような、不思議な感覚になる部屋だった。

ここ以上に高いビルが周辺にないため、満ちた月が今まさに中空にあり、電気はついていないのに明るかった。

下の探偵社の事務所同様に、いくつかのアンティークが雑然と置かれ、片隅にベッドがあった。あるのはこの広い一部屋だけで、水回りはカーテンで仕切られている。

「恒星？」

どこにも恒星の姿はない。それなのに、匂いだけは漂ってくる。秋に道を歩いているとどこからともなく漂ってくる、あのキンモクセイの香りよりも、それは甘く、智宏を誘ってきた。

智宏は透明なガラスの一枚がドアになっているのをようやく見つけて、外に出てみる。恒星が屋上に、仰向けに倒れているのが目に入った。

「恒星！」

彼に走り寄る。かがんで、頬に手を当て、温かさを感じ、胸に耳を押しつけ、鼓動を聞いて、安心する。

それと同時に腹が立ってきた。

「なんだ、酔っているのか？　こんなところで寝るな」

「邪魔しないでくれよ」

しわがれた声で、恒星は言った。その声に、かつてない弱々しさを感じて、智宏ははっとする。

「ここで、いい夢を見てるんだから。もう目を覚ましたくないんだ」

「それは、どんな夢なんだ？」

「智宏が俺のものになってくれる夢だ。俺のことを愛してくれて、ずっとそばにいてくれるんだ。ここに来て、駆けつけて、抱きしめてくれる」

「恒星」

アルファは強いと思っていた。

賢く、強靱《きょうじん》で、社交性もあり、自分などいなくても恒星は幸福になれると信じていた。

けれど。

——オメガはアルファの生きる力、幸福、愛、未来、そのすべてだ。なしには生きていけない。

流星の言うとおりだとしたら。

智宏は運命の相手である恒星を苦しめ、長い放浪に旅立たせ、彼の人生を大きく変えてしまったことになる。

「恒星、おまえは俺の運命の相手だ。今までそれを認めなくてごめん」

がばっと恒星は起き上がった。

「ほんもの？」

「そうに決まってるだろ」

彼はくるっと向こうを向いてあぐらをかいた。

「俺は、だまされないからな」

「なんにだよ？」

智宏はむっとする。今までだましたことなんてない。

「何度こういう幻を見たと思ってるんだ。サハラの砂漠で、ニューヨークの雑踏で、マッターホルンの山頂で、俺は見たんだ。智宏が俺を認めてくれるのを」

「何度でも言う。おまえは、俺の運命の相手だ。それは、ずっと前から決まっていたことだったんだよ。ほら、手を出せよ。返すものがあるんだから」

ようやく、恒星は智宏を見た。言われたとおりに手を差し出す。

月明かりの中、金のキャラクターキーホルダーは、輝き、智宏から恒星に手渡された。

「おまえのだろ」

「これ、どこから……？　サッカークラブの鞄につけてたのを、試合に行ったときに落としたんだ」

「それを、俺が、拾った。九歳のときだ。これだったんだ」

恒星が智宏を見つめる。

「これに、この小さなキーホルダーについていたおまえの匂いに、俺は、発情したんだ。まだ、九歳だったのに。なにも知らない、子供だったのに。この身体は、どうしようもなくおまえを求めたんだ」

それを知っていたなら。わかっていたなら。まるで事態は違っていたのに。

智宏はこれをしまい込み、忘れていた。友人も、記憶にとどめていなかった。親も、医者も、存在を知らなかった。

発情のトリガーが不確定なまま、智宏にははぐれのオメガという烙印《らくいん》が押された。

ずっとずっと、この男を求めてヒートのたびにフェロモンは漂い、甘い匂いを発していたというのに。

恒星は、智宏の身体を抱きしめてきた。強い力だった。

「智宏」

彼はただ、名を呼んだ。

「うん」

そして智宏は彼の呼びかけに答え続ける。

「智宏」

「うん」

この、小さな金のかけら。

それが自分たちをねじ曲げ、引き離し、巡り合わせ、そして再びひとつにしようとしている。

「恒星」

やっと言える。ずっと言いたかったことだ。

高校のときから。最初に会ったときから、いや、そのまえに存在を知った瞬間から、伝えたくてしかたなかった。

「愛してる。恒星だけだ。恒星が、好きなんだ」

恒星といると、生きているって気がする。

怒ったり、落ち込んだり、笑ったり、俺は忙しい。

「自信満々なところも、優しいところも、俺だけを見ているところも。口がよく動くところも、全部」

智宏は、笑って恒星の唇に自分の指を当てた。

「好きでたまらない」

「ほんとか」

「ほんと」

恒星の唇が動くと、指先がこそばゆい。

「俺も、智宏の唇、好き。ピンク色で、ふっくらしていて」

恒星も智宏の唇に、指を当ててきた。

互いの唇の感触を指先で確認する。

智宏の指を、恒星の舌先がそっと舐《な》めた。

いい？　と確かめるような、おずおずしたしぐさだった。

どっと奥から、身体の全部が、喜悦に向かってダッシュし始める。恒星の舌先が指にふれていて、くすぐったい。それは確かに自分のオメガの子宮と連動していて、身体中から、立ちのぼるように、情欲の気配を発散させてしまう。

「すげー、いい匂いしてるんですけど」

くんくんとかがれると、恥ずかしくなって身を引いてしまう。一応、シャワーを浴びてきたのだけれど。

「もいっかい、身体、洗ってくる」

「なんでだよ。俺にはこの匂い、たまんないのに」

恒星は智宏の腕を摑んで引き寄せた。それから、なにを思い出したか、くくくっと肩をふるわせて笑う。

「なに？」

「思い出してたんだ。テニスの試合、しただろ」

「ああ」

「智宏は俺が手を抜いたって怒ってたけど、そうじゃない。俺、勃起してたんだ」

「ぼ……」

しげしげと恒星の顔を見る。

「ほら、途中から風下になっただろ。それで、ゲームが進んできて智宏、汗をかいたじゃん。ヒート前だったろ。そしたら、もう、いい匂いがして、なんだこれってずっと思ってた。初めてだったよ、あんなになったの。今はあれの三十倍は濃い匂いになってる。これ、どこから来るんだ？」

耳の下に鼻を突っ込まれて、ひゃっと声を出してしまう。それをからかうみたいに、恒星はそこを舐めた。

「あ、あ。ああ」

声が出てしまう。

「ああ、もう、なんだよ。変な声、出ちゃったよ」

文句を言うと、恒星は嬉しそうな顔になる。

「な、なんだよ」

「そういう声がたくさん聞きたい。俺は」

「やだよ」

「なんで」

「なんでって……――慣れない、から」

恒星が驚いた顔になる。それから、ぎゅうぎゅうと抱きしめてきた。

「あーもー、智宏は可愛いなー」

屋上に横たえられる。上から恒星が覗き込んできた。

「なにもかも、可愛い」

ゆっくり、ゆっくり、智宏を決して驚かせない速度で、彼の顔が近づいてくる。

さきほど指で知った箇所を、今度は重ね合わせる。

唇は柔らかく、何度も軽く吸い上げられ、それから、舌先がとんとんと合わせ目を小突いた。

あけろってことだろうか？

そっと引き結んでいた口をほどくと、彼の舌でよりいっそうこじあけられる。

「ん……」

舌は、智宏が思っていたよりも深く、口の中に入ってきた。恒星の味のするそれをいっぱいに頬張る。うごめき、口の中の形を、確かめられる。唾液《だえき》が、混じり合う。自分と、恒星がひとつになっている。

子宮のある腹の下が、つきんと痛いほどに、よりいっそう溶け合うことを望んで、存在を主張していた。

ここにある。ここにいる。

「恒星……」

「なんだ？」

「俺……」

なんだかもう、それは、ほんとに小さいときに親におしっこに行きたいと訴える恥ずかしさに酷似している。言いだし損ねているうちにも、じゅくじゅくとしたたってくる。恒星は智宏のこめかみに口づけ、腰に手をやってくる。

「うん？　言ってみ」

恒星が、綿の上の小さな種を取る慎重さでささやいてくれたので、智宏は彼の両肩を摑んで、満月以外なにものも見ていない屋上で彼に訴えたのだ。

「俺、すごい、濡れてる」

恒星の動きがぴたりと止まった。

「恒星が。恒星が、言ってもいいって言ったから」

泣きそうになっている。そんな激情を覚えたのは、九歳のときからなかった気がする。恒星だけが、自分をこんなにさせる。

恒星は片膝を立てた。それからひょいっと智宏の身体を抱きかかえる。

「うわ」

しっかりと彼の首に腕を回し、落ちないようにしがみつく。

いかに智宏が細身だとて成人男子だ。それなりの体重はある。何度か抱え直され、揺すりあげられて、智宏の足からサンダルが屋上に落ちた。ガラス張りの部屋のドアを腰であけて恒星は入っていく。ベッドに智宏を下ろすと、ベッドサイドの花の蕾《つぼみ》に似た電灯をつけ、広い窓すべてにカーテンを引いた。

彼は自分のワークブーツを脱ぐとベッドに上がってきた。智宏の頬に手をやって、つくづくとこちらの顔を見る。

「な、なに？」

「俺のものだ」

どうしてだか、恒星は泣きそうな顔をしていた。

「俺のものだ。智宏の全部。智宏の髪も、頬も、唇も。すべて」

「そうだよ」

もう自分の心は全部恒星にあげてしまった。だから、この身体も、恒星と一緒になりたい。まるでだだっ子だ。どうにかしてくれ。

恒星は、智宏のシャツのボタンを外そうとしたが、まるでこれが初めてというように、何度か失敗した。

「緊張してる」

「恒星が？」

再会してから、いろんな、際どい場面、愛人との密会の真っ最中に足を踏み入れてしまったり、やくざに囲まれたり、銃を突きつけられたり、ナイフで襲いかかられたり。そんなことは何度もあった。だが、いつだって恒星は冷静で、すれすれを切り抜けていった。

「みっともねえ」

「みっともなくないよ」

彼の指先はほんの少し震えているようだ。そのくせ智宏が自分であけようとすると、特別なプレゼントを横取りされたように、だめだと言い張る。一個一個、長い時間をかけてボタンはホールから抜かれ、最後の一個が外れたとき、智宏の胸は恒星の目にさらされた。

「おう……」

恒星は感嘆の息を吐いた。きれいなアンティーク、たいそうな掘り出し物を見つけたときのように、唇を半開きにしてなにか言おうとしても、うまく言葉が出てこないようだった。

もう一度、息を吐くと、彼は手のひらを智宏の脇に滑らせてきた。

「なんでこんなに白くて、なめらかで、気持ちいいんだろう」

「恒星にたくさんさわって欲しいからかな……？」

真剣に言ったのに、彼は、またそういうことを言って、俺にとどめを刺す気か、とわけのわからないことを口走り、腹の上に鮮やかに浮かんだ発情痕にキスしてきた。

「くすぐったい。くすぐったいってば。恒星」

つーと舌が胸まで上がる。乳首を含まれた。

「ふ、あ！」

ちゅっ、ちゅっと音がするほどに、恒星は夢中で乳首をむさぼっている。

「恒星、恒星」

彼の舌で、まるでダンスを踊っているかのようだ。智宏の身体はくねり、もだえ、何度も彼の名前を呼んだ。

この舌が、自分の感覚と結びついている。出るはずもないのに胸の先から、乳を吸い出されていくような錯覚。それが気持ちよくて、そのくせ耐えきれないくらいに苦しくて、何度も逃げようとするのに、恒星は離さない。

追い詰められていく。

「あ、やあ」

足を恒星の腰に回す。きゅうっと強く吸われて、恒星の頭に手をやって、癖っ毛の感触を手の指のあいだに感じながら、ひくりとひとつ、大きくのけぞり、登りつめ、落ちた。

恒星は、起き上がると、智宏の顔を見る。自分の目は潤んでいることだろう。唇は半開きになっていて、空気を求めてせわしなく息をしている。

乾いた唇を何度も舌先で湿す。

「恒星……」

腰をもじもじさせる。

「パンツ、気持ち悪い」

「ああ、ごめんな」

彼はこちらを見たまま、智宏のクロップドに手をかけた。ボタンを外して、ファスナーをおろし、足から抜いていく。下着の中に、彼の手が入ってくる。

確かにあれは、絶頂であったはずなのに、智宏のペニスは精を吐いていなかった。硬く芯をたもったまま、雫《しずく》をこぼし続けている。

「発情期には、オメガMは前ではいけないんだよな」

恒星は親指と人差し指で、智宏のペニスの先端のくびれをこねる。そうしながら、左の手で、ボクサーパンツの端っこをつまんで、下ろしていった。

それから恒星は自分のシャツを脱いだ。続いてボトムも。

彼のペニスがきちんと硬くなっていたことに、智宏はとても安心する。それと同時にとんでもなくはしたなく、とろっと愛液が、今はもう性器以外の何物でもない、自分の受け入れ口から流れてくるのを感じていた。

「ん」

恒星は、こちらを見ながら、智宏の足を折り曲げ、膝にキスをしてきた。

いいよ、と、うなずく。してもいいよ。して下さい。して欲しい。

足が折り曲げられていく。すべてを恒星の前にさらす。

「すごい、濡れてる」

「だから、そう言っただろ」

「嬉しい」

「嬉しいのか?」

「当たり前だろ。俺のためなんだから」

恒星とセックスするために、濡れてる。

ただこの男と結ばれるために、そのために、発情している。

恒星はかがみ込んできた。その部分、今は性器になって濡れている受け入れ口に、キスをされる。それから、舌が、味わうようにねっとりとその周囲を舐め始めた。

この、舌。

さっきこの口の中で知った、あの力強い舌で、舐め回されている。

それだけでも限界なのに、その舌はうねって、中に入り込んできた。

「は、あ……」

ずくんと、腹の下の子宮が、欲深にねだり始める。彼の匂いのする唾液を、すすり、足りず、もっともっとと、お腹がうんとすいて、グーグー音を立てるみたいに、そう、いっそ音さえしそうに、恒星を欲しがっていた。

「恒星、恒星」

じぶんはとろとろのジュレみたいだ。熟れきって、あとはもう、落ちるしかない、果物みたいだ。

「ここんとこも、恒星が好きだって。恒星のこと、欲しいって。ちょうだい」

そう言って自分の腹を押さえる。

セックスのことを、遊びだというひとを、智宏は信じられない。こんなに厳粛で、命さえ惜しくない、そんな行為があるだろうか。このひとときのために生きてきたと、言い切れる瞬間が、あるだろうか。

「智宏……」

彼が身体を起こす。

恒星の顔も真剣そのもので、目はじっとこちらを見て、口元は引き締められている。

腿裏《ももうら》を彼の足で開いて、ペニスの先端、あの、たくましいものの先をつけられる。

ぐううっと、子宮が、動き始めるのを感じる。

ああ、好き。これが好き。

「ああ、やっと」

やっと。

抱いてもらえる。

挿れてもらえる。

ひとつになれる。

愛し合える。

恒星は、息を止めて、推し量りつつ、身体を進めてくる。決して無理などさせないように。

そんなつもりはないのだろうが。焦《じ》らされている。

「恒星、恒星。いいから。いいから、もっと。いっぱい、欲しい」

なにを口走っているのだろう。

恒星が、長く息を吐いた。それから、彼の背中の毛が、一斉に逆立ったように感じた。

「もう、我慢できねえ」

尻の肉を捕まれる。ぐっと彼のペニスが奥に押し込まれてくる。

ものすごい勢いで、まるで映画の早送りみたいに、様々な映像が、急速に流れ込んできた。

小さいときの自分がいる。金のキーホルダーを拾った。どうしてだか、それがとても気になった。しまい込む。発情する。忘れ去る。アジールに行く。出る。恒星と会う。深く揺さぶられる。別れ。再会。

そして、今。

ああ、恒星だ。恒星のペニスを、彼の自分への欲情のあかしを、ここに挿れている。自分の中に入ってきている。つらくも、痛くも、ない。ただただ、嬉しい。

そう、嬉しい。歓喜だ。

泣きそうだ。生まれてきたときに泣いたみたいに、純粋に、嬉しい。

途中まで来たところで、恒星に腰を回された。内側からペニスを刺激されているみたいだった。自分のペニスに手をやって頂点を極めようとするのだが、確かに今は本当の性器の付属品にしか過ぎないらしく、虚《むな》しく濁った液を垂れ流すのみなのだった。

「恒星、もう、つらい」

どこまで快感は高まるのだろう。自分のメーターを振り切って、この身体を突き破ってしまいそうだ。

いきたい。振り切りたい。そのことしか考えられない。沸騰しそうな欲求。

「ああ、もう」

足を広げられた。ぐいぐいと恒星が入り込んでくる。奥の子宮口をこすられている。

「あ、あ。そこがいい。ぐりってして。そう、恒星のが、当たってる。俺の。あ、あああ、恒星、恒星」

腰を深く受け入れて、快楽をむさぼるために、動く。

こんなことを、自分はどこで覚えたのだろう。

彼に合わせて、ねだりつづける。

「か、は……!」

ぽたっと恒星の汗が彼の顎《あご》から胸に落ちてくる。

瞬間、身体が止まる。次には、彼のペニスが、自分の中で膨らんだ。それは、本当に少しだったと思うのだけれど、智宏の身体すべてを支配するほどの大きさになったように感じられた。

そして、はじける。今までため込んだ彼の精を、智宏の中に放つ。

「ああ、ああ」

彼の体温が注がれている。子宮が精液を吸い上げ、飲み込む。いやらしくうごめき、最後まで搾り取る。飲み干し、喉《のど》を鳴らしている。

「は……」

「うー」

どっと恒星が自分の上に身を投げ出す。

お疲れ、というように腰に足を巻き付け、背を撫でてやる。

余韻がじわじわと広がっていた。

初めて、恒星と繫《つな》がれた。恒星と自分が混じり合った。混じりけのない、幸福。

そして達してなお、恒星のあの猛々《たけだけ》しい猛攻を知った身体は、欲深になり、またしたくなっている。

相手の子を孕みたい。貪婪《たんらん》なその性《さが》は、智宏にもちゃんとあって、こんなにいいもの、楽しいことを知ってしまって、知らなかった頃には戻れない。

「もっと」

もっともっと。

ここに。恒星のすべてを注いで。もっともっと。果てるまで。

「うん。わかってる」

恒星がそっと智宏の喉元に唇を寄せる。智宏は彼に差し出すように顎をそらせた。かすかな痛み。そして誇らしさ。

もう、自分はすっかり恒星のものなのだ。

違う。最初から、決まっていた。

智宏がオメガに変転したのは、恒星の伴侶になるためだった。いびつだと思っていた自分というピースが、今夜、あつらえたようにはまった。

「恒星」

さらに知りたい。恒星がいくときにどんな顔をするのか、自分が腰を使ったときの息づかいとか、汗の匂いがどう変わるのかとか、ちゃんと見て、感じたい。だから。

「して。たくさん」

「うん」

体内に含んでいた恒星が硬さを取り戻す。

大きく引かれ、また戻ってくる。手を伸ばすと肘《ひじ》にぞくぞくする舌の使い方をされ、熱を込めた目で見つめられる。

ああ、好き。これが好き。

ずっと、ずっと待っていた。永遠に交わっていたい。

朝、目が覚めると、智宏の腹部の発情痕はなくなっていた。ヒートが終わったのだ。

ぐったりと寝そべっていた智宏は、ぼうっとベッドを出て、カーテンをあける。いい天気だった。背後を見て、部屋の惨状に「う」と言葉を失う。

このペントハウスは二面がガラス張りになっている。なので、日の光が余すことなくこの状態を照らし出してくれる。

ベッドのまわりには、ティッシュが白い花のようにあちこちに散乱していたし、枕元には、空腹に耐えかねて冷蔵庫から持ち出したサラミソーセージやチーズ、それから栄養ゼリーの残骸《ざんがい》がある。あいた水のペットボトルがいくつか。シーツはしわくちゃで、二人分の汗やらそのほかのものを吸い込んでいた。

「恒星」

ベッドに腰を下ろして、彼のことを揺り起こす。

「あー、智宏。おはよー」

半分寝ぼけているのか、智宏の腰にすがりついてくる。互いの汗でべたべたする。

ぽす、と彼の癖のある黒髪をはたいた。

「なにすんだよ」

「もう朝だ。この部屋をなんとかしよう。それから」

智宏は情けない声をあげた。

「俺は、腹が減って死にそうだ」

開店直後の一階カフェに二人して降りていくと、自慢のビーフシチューにライスを注文した。入ってきたモーニングの客が、皿を重ねる二人の勢いに驚いている。さらにおかわりし、おかわりする。しまいには千春《ちはる》さんに「もう、ランチに出すぶんがなくなるからほかのにして」と泣かれ、次にはカレーに切り替えた。ようやく空腹が満たされてきて、ペースが落ちると、二人しての反省会が始まった。

「こりゃあ、次にはなにか簡単に食べられるものを作っておかないとだめだな」

「そうだね。ほかの人たちってどうしてるんだろ」

「姉貴たちに聞いておくか」

「そんなこと言ったら……」

「なに？」

「は、恥ずかしい、かなって」

「ああ、なんだ。できたなって思われるのがか？」

「……うん」

「いやか？」

「いやじゃない！」

強く否定する。いやなわけがない。

「だけど恒星のうちはアルファの名門だろ。反対、されるかも」

恒星が歯をむいて笑う。そうするとどう猛で、本物の狼のようだと智宏は思った。

「智宏の考え方ってベータ寄りだよな。俺の両親や姉なら、運命の相手がなによりも優先されることは理解しているから心配するな。もし反対されたら、弓削の家とは縁を切って独り立ちすればいいだけだし」

こともなげに恒星は言った。最初から答えなんて決まってる、とばかりに。頼もしい。

智宏は聞いてみる。

「そういや、恒星は、料理ってできるのか？」

「一応。ちなみにトカゲもナマズも大マグロもさばけるぞ。鯨《くじら》はやったことないけどな」

「すごいな。でも、それは料理じゃないだろ」

「レシピを見るか、一度食べてみればある程度は再現できる」

智宏は不器用なほうだ。とても真似できない。

「恒星はなんでもできるんだな」

「でも、智宏がいなけりゃ意味がない。なあ」

恒星はこいねがうように、まっすぐにこちらを見つめている。

「昨日だけじゃないよな。次もあるんだろ。その次も。それから、またその次も」

智宏は噴き出しそうになってしまう。その情けない顔はなんなんだ。肩で風を切っていた高校生のおまえはどこに行ったんだ。

「なんでそんなに気弱なんだよ」

「アルファは、たぶん、智宏が思っているよりも、ずっと単純なんだよ。相手を見つけたら自分のものだと宣言して、孕ませたい。そして向こうにも自分を運命の相手だとわかって欲しい」

彼は続けた。

「それなのに、智宏がなかなかわかってくれなくて、俺はどんなに焦れたことか」

「俺の裸見ても平気だったろ。あの、誘拐事件の前のとき」

「ちっとも平気じゃねえよ。行く前に遮断薬飲んだんだよ。隣の部屋にいてもこう、むらむらっていうか、ざわつくっていうか」

「わかったから、もういいよ」

照れ隠しにメニューを眺める。

デザートにあるプリンが気にかかる。客が食べているのを見たことがあるのだが、ここのプリンは、硬めで、カラメルがほどよく焦げていて、とてもおいしそうだった。

「紅茶とプリン」

そうオーダーすると、恒星が少し、息を止めた。それから、微笑《ほほえ》んだ。

「俺はブレンドを」

持ってきてくれた千春さんが「宇田川さんは甘いものは食べないのかと思っていたわ」と口にする。智宏は首を振る。

「大好きなんです」

「あら、そう。じゃあ、今度からおすすめするわね」

プリンはスプーンの上で崩れることないのが好きだ。あむ、と口に入れると、ひんやりした甘い卵と牛乳の味、そしてほろ苦いカラメルが広がる。

恒星がこちらを見ているのに気がついた。

「なんだ？」

「初めてだな。自分でデザートを注文したの」

「ああ、そういえばそうだった」

今までは、人前で甘いものを食べるなんて、オメガだからと言われそうでいやだった。でも、オメガらしくなく、も、オメガらしく、も、そんなことにこだわるのって虚しいことに感じられる。

だってプリンはおいしいし。自分はこれが好きだし。

恒星と伴侶になったら、自分が自分ではなくなる気がしていた。けれど、今になるとわかる。そんなことはまったくない。恒星と抱き合うことが自分にとって自然であったように、よりいっそう、智宏は智宏らしくなっている。

恒星は、なんだか泣きそうに、だけど嬉しそうに、プリンを食べている自分を見つめている。やがて彼は手を伸ばして、智宏の頭を撫でた。

「うまいか？」

「すごく」

言ってから気がついて、智宏はプリンのひとさじを惜しみつつ差し出す。

「欲しかったら言えよ。ほら」

彼は口を開いて、それを受け止めた。

「うん、おいしい」

「だろ？」

「なあ、智宏」

恒星はそう言った。

「俺は、智宏がそうやってプリンを食べているのを見ていると、たまらなく愛《いと》しくなるよ」

いくら止めても、その口は閉じそうにない。まあ、しかたないかと許すことにする。初めてのヒート明け、言わば蜜月《みつげつ》、文字通りに甘いひとときなのだから。

恒星と過ごした最初のヒートで、智宏は妊娠しなかった。

がっかりはしたのだが、ほんの少し、安堵したのも事実だった。

もちろん、子供ができたら産むだろうが、一生を独身で過ごすつもりでいた自分に、妊娠のハードルは果てしなく高い。

「いや、できたらできたでなんとかなりますから。早く作りましょう。いいですよ、可愛いですよ、子供」

しきりと言ってくるのは辰之進だ。彼は、自分同様のオメガM仲間ができたのが嬉しくてしかたないらしい。

恒星の姉の流星からは「恒星をよろしく」とのメッセージカードの入った、深紅の薔薇《ばら》の花束が贈られてきた。「ほら、私が言ったとおりだろう?」とウィンクされた気がした。

「まあ、また次のヒートのときにがんばろうな」

恒星はそう言って背中から抱いてくれた。

「俺、いっぱい、いっぱい、智宏に注いでやるから」

「またそういうことを言う」

「なんだよ、いやかよ」

「……嬉しい、けど」

恒星は智宏の首筋に軽くキスをしてきた。

「くすぐったいよ」

伴侶になってから、恒星のスキンシップが激しくなっている。前まではあんなに遠慮していたくせに。


とある昼下がり。智宏は背広を片手に、銀座の裏通りを、事務所まで歩く。今現在動いているエレベーターでは、最古ではないかと疑う、手動ドアのそれに乗り、七階で降りる。

702号室、宇田川法律事務所のドアはあいていた。

「おーかーえーりー」

恒星がソファに寝そべって、本を読んでいる。

「ただいま」

恒星は立ち上がって智宏の背広を受け取ると、ハンガーラックにかけてくれる。

「チーズムースがあるぜ。ハッシュナッシュのベリーベリー。季節限定」

「食べる」

「アイスティーはアールグレイでいいか？」

「うん」

恒星が用意してくれたおやつを食べながら、甘みが心をなだめてくれるのを感じる。考えてみると、恒星は以前から、自分がきついときやつらいときには、もらい物だとか余ったとか言っておいしいお菓子を用意してくれていた。

恒星自身は、あまり甘いものが好きじゃないのに。

「で？」

「うん」

今日、智宏は白鳥法律事務所に行ってきたのだ。てっきり大原の強姦未遂の訴えを取り下げて示談にして欲しいという申し入れだと思っていた。刑事事件とは違って、強姦未遂は親告罪だ。智宏が話し合いによって取り下げれば、なかったことになる。

アルファの本能だから。

オメガの匂いがしていたから。

裁判になればいやなめに遭うのはそちらだから。

大原はみっともないくらいに言い訳を繰り返していた。彼の妻子のことを思うと、ためう気持ちがないでもなかったが、なによりも、弁護士という職業でありながら卑劣な行為を働いた大原を、同じ弁護士として許すわけにはいかなかった。

「それが、あの件のことじゃなかったんだ。白鳥に戻らないかっていう、お誘いだった」

「え？」

白鳥法律事務所に行ったら、もう大原の部屋には、別の人が入っていた。

智宏の訴えにより、大原は日本弁護士連合会から戒告処分を喰《く》らっている。戒告は弁護士懲戒制度の中ではもっとも軽く、言わば「お叱《しか》り」を受けるだけだが、過去に処分を受けた者は機関誌と検索データベースに載せられ、一生消えることはない。

そんな「ワケアリ」な弁護士を、白鳥法律事務所が雇っておくわけがない。

弁護士会の処分理由は圧倒的に着服、横領などの金銭関係のトラブルが多い。あとは国選弁護人の接見に行かない、弁護士会費の未払いなど。わいせつがらみでの処分は珍しい。智宏もまさか通るとは思わなかったのだが、弁護士会のお偉方には伴侶婚をしている者が何人かおり、自分の運命の相手がもしそんな目に遭ったら、という非常に人間的な感情もあるていど大原の処分を左右したのかもしれない。

「なんか、大原さん、仕事のかなりの部分を俺に丸投げしてたんだって。仕事ができないからって二年目に更新させなかったのは、大原さんの進言だって、言うんだ。どうやら、俺のことを独占したかったみたい」

「あのやろー……」

大原のことになると、恒星は背中の毛が逆巻くように殺気立つ。

「白鳥に帰ってきて、大原さんの業務を引き継いでくれないかって言われた。でも、それだってどうかわからないよね。いきなり穴があいて、困っているだけかもしれないし」

むしろ、そっちの可能性のほうがはるかに高い。その穴はいつか埋まる。そのときには、自分はあっという間にすり替えられてしまう。

「それで、どうするんだ？　いい話なんだろ？」

「うん、まあ、そうだよね」

大手の法律事務所だ。給料はいい。ステータスも上がる。あそこに勤めていると言ったら、弁護士仲間にも、両親にも、自慢できるだろう。二年前の智宏だったら、いや、ほんの少し前だったら、この申し出に喜んで飛びついたのに違いない。

けれど、智宏はこの何ヶ月かで知ったのだ。それは、自分のやり方じゃない。

「断ったよ」

あのときの白鳥の顔を思い出すと、笑い出したくなる。下賤《げせん》の者が天上人の申し出を断るなんて、思ってもいなかったのだろう。

「なんで？」

「あそこは、俺の事務所じゃない」

ここはボロいし、エレベーターは手動だし、トイレは共同だけれど、隣には恒星がいて、一階カフェのビーフシチューはおいしくて、なにより自分の場所だと思える。

「タクシー運転手に売り飛ばされそうになって、もうだめかもと思ったときに願ったのは、親に会うことでも、アジールに帰ることでも、白鳥法律事務所に復帰することでもなかった」

ここだ。

この場所に、恒星の隣に、いることだった。

「俺はここでやっていくよ」

恒星がおかしな体勢で、抱きしめてくる。

「ケーキ。ケーキを落とす」

笑いながら、彼の抱擁に応じる。

そう、ここで生きていく。

この東京の片隅で。

オメガとして。

弁護士として。

弓削恒星の伴侶として。

なによりも、宇田川智宏として。

ノックの音がして、ドアが開いた。依頼人らしい女性が、肩で息を切らしている。

「あの、曲垣さんの紹介で来たんですけど。ここのエレベーター、壊れてます。七階まで、きつかったー」

智宏は恒星と目を見交わし、口元を緩めた。

大原の頭に打ち下ろしたアンティーク人形は、どこの歯車の関係か、また動き始めた。しかし、今まではひらりひらりとかわしていたアルルカンと踊り子は、唇をくっつけあうようになった。

見ていると気恥ずかしくなるので、人形は恒星の私室に置いてもらうことにした。

きりきりきり。ねじを巻くと彼らは近寄る。キスをかわす。

はじめから、定められていたごとくに。

恒星アラウンド

――恒星《こうせい》、おまえは俺の運命の相手だ。


夢のような一夜だった。

満月の夜、智宏《ともひろ》の腹部に現れた深紅《しんく》の発情痕《こん》は、どこかハートに似ていた。

心臓の、かたち。

だとしたらそれはきっと自分、弓削《ゆげ》恒星の心臓だ。


時間を巻き戻す。巻き戻す。


一番初めに智宏のことを考えたのは、まだ彼と出会う前のことだった。恒星とひとまわり違う姉の流星《りゅうせい》がようやく警視庁特別課での仕事が軌道に乗り始めたときに、運命の相手たる辰之進《たつのしん》に出会ったことがきっかけだ。

あの当時、新年早々、流星は外泊した。そもそも不規則な仕事に就いていたし、流星の交友関係に口を突っ込む恐れ知らずは弓削家の中にはいなかった。そして満月が少し欠けたときに疲れ果てた流星が、同様に目の落ちくぼんだ辰之進を伴って弓削のうちに帰ってきたのだ。

彼女は言った。

「私の伴侶《はんりょ》だ」

あのとき家にいたのは、恒星、母親、バーニーズ犬のアルト。全員がごつい短髪の男、辰之進を見つめた。

「……です」

いたたまれない辰之進は、すぐにも逃げたそうだったが、流星がしっかりと首根っこを押さえていた。

「いいんじゃないの？」

それが母親の意見だった。

つがいならまだしも、伴侶となればそれはもう決まったも同然だった。反対の余地はない。

流星は宣言した。

「ということで、今日から辰之進は弓削の家に住む。いま空いている部屋を彼の個室に提供する。使っていない離れを自分たち世帯用にリノベーション予定だ」

二人の間にどんな葛藤《かっとう》があったのか、恒星は知らない。

しかし、もし自分に伴侶ができるのだったら、もっとこう——そう、髪はさらさらで色味薄く、目も明るい色をしていて、肌の色が白く、すっきりした鼻梁《びりょう》で唇はぽってりと厚ぼったくピンク色をしていて、芯《しん》は強くて、たおやかな人がいい。妄想の中の相手を考えているうちに、その姿さえも見えてきた気がした。

いつか。

いつか、自分も会えるのだろうか。伴侶に。

運命の相手に会えるかどうかは、アルファのオメガ感受性に起因しているという説がある。そしてそれは遺伝するらしい。一理あるのではないかと恒星が考えているのは、現に弓削家では、祖父も、父も、そして姉の流星も伴侶を見つけているからだ。


その年の春。

恒星は、澤崎《さわざき》学院中等部から高等部に内部進学した。

入学式で新入生代表の挨拶《あいさつ》をすることになった恒星は、朝から落ち着かなかった。

腹が減ったときに焼き肉の匂《にお》いをかいだかのような。

暗い洞窟《どうくつ》を歩き続けて目の前に出口である光の点が見えてきたかのような。

胸の奥が疼《うず》いて止まらない。いったい自分はどうしてしまったのだろう。

――新入生代表の挨拶に、緊張しているのか？

まさか。

生まれてこの方、あがったという記憶はない。それがどんな感覚かさえ、わからないくらいだ。

入学式で名前を呼ばれ、挨拶のため壇上に立つ。

ちらっと新入生を一瞥《いちべつ》する。ほとんどが見知った顔だが、そのとき、一人の生徒に気がついた。

彼は伴侶だったらこんな子がいいと思い描いたとおりの顔立ちをしていた。彼は興味深げにこちらを見ていた。


「なあ、恒星、聞いた？」

「なにが？」

恒星は急いでいた。クラス分けの一覧が体育館外に張り出されている。さきほどの外部入学してきた生徒の名前と何組になったのかが、気になってしかたなかった。できたら自分と一緒のクラスだったらいい。高等部のホームルームクラスは三年間一緒だ。

「だからさ、オメガがいるんだって」

足を止めた。

恒星を立ち止まらせたことが嬉しかったらしく、男子生徒は聞かれてもいないことをべらべらとしゃべった。

「それが男オメガなんだよ。見たけど、普通の男なのな。でも、あれだよな。ヒートになるとアレ欲しさに疼いちゃうらしいぜ」

自分の靴を脱ぎ、うるさいこの生徒の口に押し込みたいという衝動を、恒星はこらえた。

「恒星？」

男子生徒は、恒星のうろんな雰囲気にようやく気がついたらしく、「あ、じゃ、俺、行くから」と言いおいて走り去って行った。

オメガ。

きっとあいつだ。

掲示板前に辿《たど》り着く。

後ろ姿で彼がわかった。彼が見ているクラスに「弓削恒星」の名前を見つけてほっとする。彼の名前を確認する。幸い、ア行から見ていったらすぐにわかった。

宇田川《うだがわ》智宏。

智宏がこちらに後じさってくる。気がつけば、恒星は彼の腕をとっていた。

「教室、こっちだぜ」

「あ、ありがとう」

彼の目が自分を見た。虹彩《こうさい》が透けて見える。琥珀《こはく》のような、透明な瞳《ひとみ》。

「弓削、恒星」

そのふっくらとした薄桃の唇が、自分の名前を呼んだ。それだけで全身を撫《な》でられた気がした。

この世にこんな快楽があったとは。

これがそうだ。

この男が、自分の伴侶だ。

それが確信に変わったのは、テニスの試合をしたときだった。ヒートが近くなっていたのだろう。そしていつもより汗を掻《か》いていた智宏の匂いは、恒星のオメガに対する感受性をダイレクトに刺激した。

恒星は勃起していた。

どうしても腰が引けてしまう。相手の球を打つどころではない。この股間《こかん》の膨らみが、テニスウェアに隠れることをひたすら願う。体育の授業でエレクトするなんて、変態を通り越して滑稽《こっけい》だ。

智宏には、わざと手を抜いたと怒られた。

それは違うのだが、言い訳することができなかった。そして彼の怒り、こちらをなじる言葉でさえ、甘美に響いてたまらないのだった。

試合のあと、早退してしまった智宏が気になった。彼のうちに行き、帰ってきた母親から智宏が今までどんな仕打ちを受けたのかを聞いた。智宏は悪くない。それなのに、異質な、しかし自分を揺さぶるものに対して、人はなんと残酷な仕打ちをするのだろう。

過去に戻り、彼を慰めてやりたかった。傷つける者からかばってやりたかった。そして教えてやりたかった。この世界には、おまえの知らないたくさんの楽しいことがあるのだと。おまえはひとつも悪くないし、誠実で、忍耐強く、素晴らしい存在なのだと、なによりも智宏自身にわかって欲しかった。

高校時代、いつもかたわらには智宏がいた。

勉強するときも、遊ぶときも、生徒会で活動するときも、一緒だった。恒星は智宏を見ているだけで幸福感に包まれたし、智宏も恒星がいると落ち着いて行動できるように見受けられた。

自分のオメガ性によって苦しんできた智宏に、もし恒星が求愛したら、せっかく築いた信頼関係を破壊してしまうのは目に見えていた。だから口にしなかった。

智宏の性意識は、初めてヒートを迎えた九歳のときで止まっている。自らの性衝動を醜く忌避するべきものだと思い込んでいる。

二人の間に亀裂が生じたのは、「ロミオとジュリエット」を学園祭の劇で演じたときだった。智宏がロミオ、恒星がジュリエットだった。

劇にはキスシーンがあった。唇を近づけただけでふれあわせはしなかったが、まねごとをした。ごく近くに、それこそほんの少し首を曲げれば届いてしまうところに彼の唇があった。

自分の身体《からだ》が、彼を求めているのを感じた。抱きしめたかった。智宏の唇、薄桃の、ふっくらとしたそれの感触を知り、中に入り込み、舌でかき回し、唾液《だえき》の味を知りたかった。

身体を離したときに恒星は、平然とした顔を取り繕うのに難儀した。

――恒星は、俺のこと、つがいにしたいと思ってる？

なんてことを聞くのだろう。おまえは。

そんなわけがない。おまえはつかの間の相手であるつがいじゃない。俺はおまえに参っている。おまえのことをいつも思っている。おまえを幸せにしたい。だけど、同時に俺はどうしようもなくおまえを自分のものにしたいんだ。

「智宏のことを、つがいだと思ったことは一度もない」。それが自分の答え。智宏は満足したように「よかった」と言った。

恒星は弁護士を目指すつもりだった。智宏も感化されたのか、同じ大学の法学部に行くと言っていた。そうなったら、また大学でもつきあいは続くだろう。もしかして、弁護士になってからも、だ。

自分は。

「友人」として、すまし顔で彼の隣にいることに、どこまで耐えられるのだろう。

今のままじゃだめだ。

このままでは、いつか智宏にこの気持ちを、抑えてきた想いを、ありったけの熱情をぶつけてしまう。

だから、旅に出ることにした。

「恒星がいないと、つまらない」

出立を告げたときの智宏があまりにもいたいけで、恒星の決心は鈍った。けれど、もう限界だった。

自分はまだ子供だ。うまく感情をコントロールできない。今までつらい目に遭ってきた智宏を、この劣情のせいで悩ませたくない。泣かせてしまったら、己のことが許せなくなる。

旅の途中、よく智宏の夢を見た。いつも彼の着ていたTシャツを持っていたせいかもしれない。

智宏はこつこつと勉強をして、司法試験に受かり、弁護士になり、けれどどこか周囲になじめずにいた。スーツ姿の智宏が隣のテーブルの女性が食べているケーキを見つめている。食べたそうにしているけれど、決して注文することはない。時折、洋菓子店に寄って、ふたつ、買って、帰る。ひとつずつ、だいじに食べている。

なんでだよ。胸を張れよ。菓子くらい、堂々と買えよ。

俺は、智宏が好きなお菓子を、周りを気にせずに食べるところが見たい。これが好きなんだ、と、笑うところが見たい。

パリの蚤《のみ》の市で、アンティーク人形を見かけた。アルルカンは決して踊り子に口づけることがない。まるで自分たちのようだ。恒星はそれを買い求め、宿で何度もねじを巻いた。

それでも。

たとえ一生、報われることがなかろうと。
智宏が伴侶として自分を認めてくれなかったとしても。
それでも、自分が彼を愛していることになんの変わりがあるだろうか。
帰ろう。

帰って、彼のそばにいよう。智宏が望むだけ、いてやろう。

智宏がオメガとして生きたくないというなら、従おう。

まじめなおまえを、俺がサポートしてやる。

おまえは俺の伴侶だから。


帰国して、智宏のことを調べ、株で儲《もう》けた金で彼行きつけのカフェのある、銀座のビルを買った。そうして、再会する。智宏は、相変わらず、胸しめつけるほどに可愛くて、さりげなくこのビルに事務所を構えることをすすめるときには、声が震えそうになった。


満月の夜、智宏は恒星の部屋にやってきた。

夢のような一夜だった。

この手に智宏を抱いて、どこもかしこにも口づけて、何度も絶頂を味わって、それでも足りなくて、笑い合ってくすぐって足を絡め合って。

智宏の発情痕は、朝には消えていた。残念ながら妊娠しなかったということだ。

姉の流星にことの次第を報告したら、『おめでとう。まあ、やりまくればそのうち孕《はら》むから』

と、身も蓋《ふた》もないアドバイスをくれた。それから、彼女は電話の向こうでフッと笑った。

「なんだよ？」

『いいことを教えてやる。妊娠するとな。オメガMでも乳が出るようになるぞ』

「乳」

『おっぱい。母乳。こころもち膨らんで、たらたら流れる』

ごくっと自分の喉《のど》が鳴った。

智宏の唇に似てふっくらしたピンクの乳首。あの周辺が膨らんで、可憐《かれん》な乳輪を押し上げるというのか。

「姉貴、俺、頑張る」

『おう、励め。自分のオメガにようやく会えたんだからな』

次のヒートのときには、どこかのホテルに泊まり続けてもいいなと恒星は思った。腹が減ったらルームサービスを頼めばいい。

三ヶ月、待てばまた会える。自分の、心臓《ハート》を腹に刻んだ智宏に。

あとがき

こんにちは、ナツ之えだまめです。

オメガバース。

オメガバースですよ！

世にオメガバースなるものが流行していると知ったときに、自分だったらどういう話を作るかなあと考えていたのが最初です。だから、私にしては珍しく「よし、とってくるぞ」ではなく、「こんなん、とってきたんですけど」と差し出すかたちになりました。

それを「まあ、いいでしょう」と受け取ってくださり、本にしてくださったルチル文庫の編集さんは心が広いと思いました。

そして、今回はこの社会の仕組みを考えるのに多大な時間と手間を（主に編集さんの。担当のAさん、すみません。そしてありがとうございます）かけました。いやほんとに、こんなにたいへんだったとは。でも、楽しかったー！

この、今の私たちがいる世界と隣り合わせた、ほんのりセピアな東京で智宏と恒星は一緒に生きていくことでしょう。

ナツ之史上、最多のキャラクターで、でも、どの人たちもそれぞれの人生を歩いてます。カナコさんも、類も、仁科さんも、流星と辰之進も、曲垣さんも、梶原兄弟も。彼らのことを、またいつか書けたらいいな。

昴ビルヂングにはモデルの建物があります。銀座でも裏通りにあるこの建物。古いエレベーター好きにはたまらない物件です。中にはアンティークのお店や画廊がありますので、お近くにお寄りのさいには、ぜひ覗いてみて下さい。


のあ子先生の新しく、それでありながらノスタルジックな表現は、この物語にぴったりでした。あつらえたようにしっくりきます。ありがとうございました。

Yさん、法律事務所に関しての興味深いお話と昴ビルヂングのモデルとなった場所に一緒に行ってくれて助かりました。


そしてなによりも読んで下さる方に深く感謝を。

楽しんでいただけますようにとただひたすらに祈りつつ。

また、次の物語でお目にかかりましょう。

ナツ之えだまめ

✦初出　蜜惑オメガは恋を知らない……………書き下ろし
恒星アラウンド…………………………書き下ろし

ナツ之えだまめ先生、のあ子先生へのお便り、本作品に関するご意見、ご感想などは
〒151-0051 東京都渋谷区千駄ヶ谷 4-9-7
幻冬舎コミックス　ルチル文庫「蜜惑オメガは恋を知らない」係まで。

幻冬舎ルチル文庫
蜜惑オメガは恋を知らない

2016年9月20日　　第1刷発行

✦著者	ナツ之えだまめ　なつの えだまめ
✦発行人	石原正康
✦発行元	株式会社 幻冬舎コミックス 〒151-0051 東京都渋谷区千駄ヶ谷 4-9-7 電話 03(5411)6431[編集]
✦発売元	株式会社 幻冬舎 〒151-0051 東京都渋谷区千駄ヶ谷 4-9-7 電話 03(5411)6222[営業] 振替 00120-8-767643
✦印刷・製本所	中央精版印刷株式会社

✦検印廃止

ISBN978-4-344-83803-1　C0193　Printed in Japan